诵读西安

杨恩成 编著

陕西师范大学出版总社

图书代号：WX19N1385

图书在版编目（CIP）数据

诵读西安 / 杨恩成编著 . — 西安：陕西师范大学出版总社有限公司，2019.8
　ISBN 978-7-5695-1038-6

　Ⅰ . ①诵…　Ⅱ . ①杨…　Ⅲ . ①诗集—中国
Ⅳ . ① I22

中国版本图书馆 CIP 数据核字 (2019) 第 179596 号

诵读西安
SONGDU XI'AN

杨恩成　编著

出 版 人	刘东风
选题策划	侯海英　杨　沁
责任编辑	王　越　刘田菁
责任校对	刘田菁　王　越
出版发行	陕西师范大学出版总社
	西安市长安南路 199 号　（邮政编码 710062）
网　　址	www.snupg.com
印　　刷	西安五星印刷有限公司
开　　本	787mm × 1092 mm　1/16
印　　张	12.5
字　　数	200 千
版　　次	2019 年 8 月第 1 版
印　　次	2019 年 8 月第 1 次印刷
书　　号	ISBN 978-7-5695-1038-6
定　　价	49.00 元

读者购书、书店添货或发现印刷装订问题，请与本社营销部联系、调换。
电　话：（029）85307864　85303629　传真：（029）85303879

西安赋

(代前言)

　　西安之称,肇始于明。远绍西周沣镐,近承汉唐长安。三秦四关,亘古天险。潼关扼守中原河津,武关遥控荆湘楚汉;陇关原本秦塞,萧关北望大漠孤烟。秉天地之灵气,成华夏人文之薮渊。

　　纵观历史,十三朝帝王于此建都,中华文明赖以发端。自古称为华夏腹地,盖居于中华大地原点。物华天宝,盛世屡现;人杰地灵,光英朗练。长河奔腾入海,秦岭屏障南天。千里山河险固,平畴沃野隰原。终南横贯地轴,划分华夏地北天南。公王岭上,演绎人猿揖别;半坡遗址,新旧石器更迭。周公制礼作乐,厘定天下人伦纲常。携渭水而东去,乃千古一帝阿房。更有秦俑军阵,汇聚世界目光。秉承文景之治,汉武树铜人于建章。凿昆明池于城南,映天汉之辉光。励精图治,贞观开元。万国来朝,声闻于天。历经六百年风雨,巍巍有明城垣。浸润千年文化名邦,八水萦绕长安。擎天华岳仙掌,延揽天下英才西入帝乡。骊山晚照,见证周秦汉唐辉煌。灞柳柔丝,摇曳人间真情;芙蓉园林,包蕴大唐文明。唤起古都晨曦,惟小雁塔之晨钟。飘渺圭峰叠嶂,俯瞰草堂烟雾之井。远眺太白积雪,阅尽

中国大地原点

人世万古沧桑。近瞻咸阳古渡，承载世代骚客迷茫。沣镐长安西安，闪耀中华文明之光。

泱泱诗国，源于《诗经》。源远流长，豳风秦风。大雅小雅，首倡和谐之音；枚马班扬，大赋盛世之声。煌煌《史记》，亘古风标。史家之绝唱，无韵之《离骚》。唐诗故里，久负盛名。李白杜甫，诗国巨星；王维襄阳，誉满寰中。雄视江山大漠，有岑高昌龄。韩柳文章，振起八代之衰；元白乐府，摅写大众心声。牧之咏史，石破天惊。玉溪无题，意象朦胧。书坛圣杰，颜柳独步华夏。碑林书海，千秋墨宝；汉隶唐楷，石墨镌华。孙思邈悬壶济世，吴道子泼墨挥洒。渼陂九思，重振汉唐文风。为生民立命，关学自成一家。爰及近代现代，青史屡著其名。武昌起义，西安风起响应。骊山兵谏，奠定民族复兴。文脉绵延，历史文化传承。范氏紫东，东方戏剧沙翁。长安画派，享誉画苑。陕军突起，

西安鼓楼

问鼎文坛。平凡世界,保卫延安。文坛巨星,升起白鹿原畔。

儒学孔孟,仰赖沣京镐京。尚周礼而致化,因纲纪以大同。大道楼观,道家祖庭。张骞定远,丝路是通;友邦来仪,大漠回荡商旅驼铃。鸠摩罗什东来,草堂留译经旧踪;玄奘法师西去,迎取西天贝叶真经。伊斯兰教入唐,华夏西亚融通。丝绸之路,亚欧相连。陕西博物,洋洋珍品大观。看中国数千年文明,尽在西安。

噫吁兮西安,中国历史文化名城!改革开放,迎来民族复兴曙光。守护精神家园,创造时代辉煌。承古开新,开放包容。广厦林立,通衢纵横。近瞰古都胜境,远眺汉苑唐陵。汉唐首善之地,喜迎天下宾朋。欧亚论坛,晋身国家建设平台;丝路博览,再绘互利双赢宏图。西安宣言,开创欧亚创意园区。周秦故都,广纳五洲四海商旅。园艺博览,彰显西安魅力。宏图大展,有西部内陆第一港区。

高校云集，天下英才济济。求实进取，开拓创新领域。高新科技成果，绽放工业园区。输电配电，国内领先。嫦娥奔月，神舟飞天。航空航天基地，引领科技高端。空港高铁地铁，建构立体交通。天人和谐，泾渭澄清。呵护秦岭生态，聚焦宜居环境。区域协调，山水掩映。高端科技，打造超越引擎。传承文化基因，推动精神文明。华夏人文之都，美丽山水之城。一幅蓝图，普惠民生。新景明丽，晴翠辉映碧空。天蓝地绿，森林拥抱古城。大明宫屹立龙首，华清宫蜿蜒绣岭。曲江烟水，再现皇家园林气象；兴庆龙池，想见大唐盛世雄风。沉香亭畔，依约云裳花容。浐灞新区，饶有画意诗情。西咸一体，彰显国际都会格局。关天联手，再添丝路起点壮举。慈恩古刹，常鸣和平之钟。人文活力和谐，园林卫生文明。开万世之业绩，以人为本。建国际大都会，古风犹存。追赶超越，东联西进；和衷共济，构筑西部重镇；一带一路，焕发千年古都青春。创历史新纪元，做世界大文章。建千秋之伟业，圆中华腾飞之梦想。

杨恩成

目录 CONTENTS

帝都篇

唐太宗	帝京篇十首（选一）	003
王　维	和贾舍人早朝大明宫	004
王　维	奉和圣制从蓬莱向兴庆阁道中留春雨中春望之作应制	005
李　白	清平调词三首	006
杜　甫	秋兴八首之五	007
包　何	长安晓望寄崔补阙	008
杜　牧	长安晴望	009
白居易	勤政楼西老柳	010
殷　奎	长安新城二首（选一）	011
彭　年	沉香亭故址	012
管　楫	含元殿故基	013
李嘉绩	西安二首（选一）	014

坊里篇

唐玄宗	过大哥山池题石壁	017
吴　融	题延寿坊东南角古池	018
白居易	酬裴相公题兴化小池见招长句	019
羊士谔	游郭驸马大安山池	020
许　棠	亲仁里双鹭	021
刘禹锡	秋日题窦员外崇德里新居	022
白居易	欲与元八卜邻先有是赠	023
刘禹锡	元和十一年自朗州召至京戏赠看花诸君子	024
刘禹锡	再游玄都观（并引）	025
窦　牟	奉诚园闻笛	026
殷尧藩	经靖安里	027
裴　迪	春日与王右丞过新昌里访吕逸人不遇	028
高　适	玉真公主歌	029
王　建	唐昌观玉蕊花	030

池苑篇

杜　甫	丽人行	033
杜　甫	曲江二首	034

杜　甫	秋兴八首之七	035
杜　甫	秋兴八首之八	036
刘禹锡	陪崔大尚书及诸阁老宴杏园	037
元　稹	杏园	038
司马扎	漾陂晚望	039
李山甫	曲江二首（选一）	040
秦韬玉	曲江	041
王　驾	乱后曲江	042

寺观篇

杜　甫	同诸公登慈恩寺塔	045
韩　翃	题荐福寺衡岳暕师房	046
羊士谔	王起居独游青龙寺玩红叶因寄	047
空　海	留别青龙寺义操阿阇梨	048
韩　翃	同题仙游观	049
范　朝	题石瓮寺	050
卢　纶	夜投丰德寺谒液上人	051
元　稹	寻西明寺僧不在	052
马　戴	宿翠微寺	052
唐宣宗	幸华严寺	053
苏　轼	楼观	054
何景明	说经台	055
元好问	玄都观桃花	056

行宫篇

杜　甫	自京赴奉先县咏怀五百字	060
王　建	华清宫	062
白居易	长恨歌	063
李　约	过华清宫	066
张　继	华清宫	067
孙叔向	题昭应温泉	068
李　涉	题温泉	069
杜　牧	过华清宫三绝句	070
李商隐	骊山有感	071
苏　轼	骊山三绝句	072
杨一清	温泉怀古	073
周嘉猷	长生殿	074
袁　枚	温泉	075
史念祖	骊宫	075
唐太宗	秋日翠微宫	076

山水篇

王　维	终南山	079
孟　郊	游终南山	080
祖　咏	终南望余雪	081
张　乔	终南山	082
汪元量	秦岭	083
朱集义	长安八景（选五）	084
杨云翼	太乙湫	088
王九思	终南篇十首（选一）	089

沈国华	辋川烟雨	090
贺瑞麟	高冠峪龙潭	091
黄家鼎	秦岭	092

节令篇

耿 沛	元日早朝	096
苏味道	正月十五夜	097
贺知章	咏柳	098
杨巨源	城东早春	098
韩 愈	早春呈水部张十八员外二首其一	099
杜 甫	一百五日夜对月	100
韩 翃	寒食	101
韩 偓	寒食夜	102
韦 庄	长安清明	103
卢 纶	长安春望	104
韦 庄	延兴门外作	105
刘禹锡	赏牡丹	106
王 涯	宫词	107
温庭筠	七夕	108
赵 嘏	长安晚秋	109
杜 牧	秋夕	109
杜 牧	长安秋望	110
王 维	九月九日忆山东兄弟	111
杜 甫	九日蓝田崔氏庄	112
权德舆	朔旦冬至摄职南郊因书即事	113
杜 甫	杜位宅守岁	114

游览篇

杜 甫	郑驸马宅宴洞中	117
杜 甫	陪郑广文游何将军山林十首选二	118
杜 甫	陪诸贵公子丈八沟携伎纳凉晚际遇雨二首	119
杜 甫	城西陂泛舟	120
王 维	观猎	121
钱 起	题玉山村叟屋壁	122
韩 愈	游太平公主山庄	123
白居易	城东闲游	124
李东阳	新丰行	125
屈大均	杜曲谒杜子美先生祠	126
许孙荃	未央故址	127
蒋湘南	灞桥	128

酬赠篇

王 勃	送杜少府之任蜀川	131
王 维	送秘书晁监还日本国	132
王 维	送刘司直赴安西	133
杜 甫	赠李白	134
李 白	灞陵行送别	135
杜 甫	送郑十八虔贬台州司户	136
崔 郊	赠婢	137
韦应物	寄李儋元锡	138
白居易	杏园花下赠刘郎中	139

003

| 李 端 | 赠李龟年 | 140 |

| 张 籍 | 送新罗使 | 141 |

| 刘禹锡 | 与歌者何戡 | 141 |

| 白居易 | 送王十八归山寄题仙游寺 | 142 |

| 刘禹锡 | 杏园花下酬乐天见赠 | 143 |

| 杜 牧 | 赠终南兰若僧 | 144 |

| 王 建 | 寄贾岛 | 145 |

| 韩 琮 | 暮春浐水送别 | 146 |

| 贾 岛 | 送无可上人 | 147 |

| 何景明 | 到鄂简王敬夫 | 148 |

科举篇

王 维	送丘为落第还江东	151
常 建	落第长安	152
孟浩然	留别王维	153
岑 参	初授官题高冠草堂	154
钱 起	省试湘灵鼓瑟	155
高 拯	及第后赠试官	156
孟 郊	登科后	157
朱庆馀	闺意献张水部	158
刘禹锡	宣上人远寄和礼部王侍郎放榜后诗因而继和	159
周匡物	及第后谢座主	160
高 蟾	下第后上永崇高侍郎	161
刘 沧	及第后宴曲江	162
黄 巢	不第后赋菊	163
刘虚白	献主文	164
无名氏	绝句	164

隐逸篇

王 维	辋川别业	167
王 维	田园乐七首选二	168
王 维	山居秋暝	169
王 维	辋川闲居赠裴秀才迪	170
李 白	望终南山寄紫阁隐者	170
杜 甫	崔氏东山草堂	171
朱 湾	寻隐者韦九山人于东溪草堂	172
储光羲	蓝上茅茨期王维补阙	173
许 浑	送从兄归隐蓝溪二首之二	174

书怀篇

杜 甫	春日忆李白	177
杜 甫	春望	178
元 稹	遣悲怀三首之二	179
崔 护	题都城南庄	180
刘 沧	长安冬夜书情	181
杜 牧	将赴吴兴登乐游原一绝	182
李商隐	乐游原	183
罗 隐	柳	184
韦 庄	过渼陂怀旧	185
袁 枚	秦中杂感八首之三	186
王士禛	灞桥寄内二首	187
张 琛	西安府二首之一	188
马 戴	灞上秋居	188

帝都篇

明洪武二年（1369），大将徐达平定西北后，改元朝的奉元路为西安府，府治就在以前的唐长安城。时至今日，"西安"之名已经使用了六百多年，而使用了近七百年的汉唐长安城的名字则成了历史的记忆。五代以后，长安就变成了历代文人墨客咏史怀古的故都，但它在中国历史上的文化地位则是其他历史文化古都所不能比拟的。悠久的历史和丰富的文化遗存使西安成为世界历史文化名城之一。

"秦中自古帝王州。"这是一代诗圣杜甫对长安的文化定位。而明朝"前七子"的领军人物、鄠县（今西安鄠邑区）的王九思在他的诗中对西安做了这样的描绘："王州自古诧秦中，表里山河百二雄。云际尚疑秦复道，翠微深闭汉离宫。"短短的二十八个字，极其精练地概括了西安丰厚的历史文化底蕴。尤其是在西周、西汉和唐朝这三个时期所形成的长安文化，奠定了中国文化的优秀传统。

赵宋王朝建都开封以后，长安失去了国都地位。但是，它却成为中国"帝都文化"的标志性符号。用袁枚的话说，那就是："天府长城势壮哉，秋风落叶满章台。一关开闭随王气，绝顶山河感霸才。"再加上"传说关中多胜迹，男儿须到古长安"的文化吸引力，数以千计的历代诗人在这片文化沃土上留下了万余首讴歌古都长安的诗章。这些作品既有唐人抒写自己在长安亲身阅历的传世名作，又有后世文人抒发自己在西安览胜怀古时的文化感受之作。这些作品不仅是文人们诗怀的张扬，更是他们对帝都文化积淀的由衷瞻拜，具有沉雄厚重的历史跨越感。

有人曾说：在古都西安的大地上，用脚在黄土地上蹭几下，就会有惊世的文物发现。这虽然有点夸张，但却说明了西安这座历史文化名城丰厚的文化蕴藏。

今天，要想步入人文西安，欣赏魅力西安，感受活力西安，领略历代文人墨客对文化名都的激情，诵读关于历史文化名城西安的诗歌不失为一种选择。这是一种互动形态的文化感受，它和欣赏博物馆展柜里的出土文物完全是两种不同的精神享受。

在中国诗歌史上，第一个为帝都长安唱赞歌的是开创了"贞观之治"的唐太宗李世民。而吟唱出"山河千里国，城阙九重门。不睹皇居壮，安知天子尊"这样豪迈诗篇的则是写了《为徐敬业讨武氏檄》、让女皇武则天如坐针毡的"初唐四杰"之一的骆宾王。而清朝末年的李嘉绩的诗，可以说是封建知识分子对古都西安的最后怅叹："雄城高踞几春秋，四面黄尘扑画楼。秦汉隋唐事销歇，尚称千古帝王州。"

有鉴于此，这本《诵读西安》就以"帝都篇"作为开端，把你带进多姿多彩的历史文化名城西安。让我们通过对历代名家诗歌的诵读，感受中华优秀传统文化的人文魅力。

帝京篇十首（选一）

唐太宗

秦川雄帝宅，函谷壮皇居①。
绮殿千寻起②，离宫百雉馀③。
连甍遥接汉④，飞观迥凌虚⑤。
云日隐层阙，风烟出绮疏⑥。

注：
① 函谷：函谷关。在今河南灵宝市。
② 绮殿：华丽的宫殿。寻：古时八尺为一寻。
③ 离宫：京城以外供皇帝起居的宫殿，也称行宫。雉：长三丈、高一丈为一雉。百雉形容规模宏伟。
④ 甍：屋脊。
⑤ 观：此指楼阁。迥：远。凌虚：凌空而起。
⑥ 风烟：烟霞。绮疏：雕饰精美的窗户。

【诵读导语】

《帝京篇十首》是唐太宗用诗歌的形式，表达他皇权至上的帝王思想和"中和美"的文化观念。诗前的"序"，成为贞观及后来高宗时期实行的文化纲领。在这十首诗中，只有这首诗描写帝都的雄奇壮伟，另外九首则是对他的文化思想的艺术阐释，贯穿着"为君之道"，强调"人道恶高危，虚心戒盈荡。奉天竭诚敬，临民思惠养。纳善察忠谏，明科慎刑赏"。由于他的规范，当时文坛上出现了既不同于六朝绮靡文风，又充满华丽辞藻的新的宫廷诗风。这组诗在诗歌史上被视为唐代五律的开端。他的孙子唐中宗李显就继承了这一风气。如李显在《登骊山高顶寓目》中就写道："四郊秦汉国，八水帝王都。阛阓雄里闬，城阙壮规模。贯渭称天邑，含岐实奥区。金门披玉馆，因此识皇图。"在歌咏帝都的诗中，这首诗的前四句不失为气势磅礴的佳句，而后四句则有点杂金错玉的六朝习气。

函古关遗址

和贾舍人早朝大明宫

王维

绛帻鸡人报晓筹①,尚衣方进翠云裘②。
九天阊阖开宫殿③,万国衣冠拜冕旒④。
日色才临仙掌动⑤,香烟欲傍衮龙浮⑥。
朝罢欲裁五色诏⑦,佩声归向凤池头。

注:

① 绛帻鸡人:唐时,宫中不养公鸡报晓,而由戴红色头巾的卫士在皇宫阙楼上模仿雄鸡报晓,称为鸡人。帻(zé):男子包头用的头巾。
② 尚衣:唐代皇帝后宫有尚衣局,负责管理皇帝的服饰。翠云裘:绣着华丽图案的朝服。
③ 阊阖:指皇宫的正门。
④ 万国衣冠:指文武百官等。冕旒:皇帝的帽子,此代指皇帝。
⑤ 仙掌:皇宫仪仗队所举的宫扇。
⑥ 衮龙:绣有龙图案的皇帝的朝服。
⑦ 五色诏:起草诏书用五色纸。

【诵读导语】

王维的这首诗是"和"贾至的《早朝大明宫呈两省僚友》。贾至的诗为:"银烛朝天紫陌长,禁城春色晓苍苍。千条弱柳垂青琐,百啭流莺绕建章。剑佩声随玉墀步,衣冠身惹御炉香。共沐恩波凤池上,朝朝染翰侍君王。"他只是写早朝时的所见所感。弱柳垂丝,流莺百啭,写早春景象,格调典雅清丽。它虽然不是上乘之作,但却有抛砖引玉的作用。当时在朝的杜甫、王维、岑参都有和诗。尤其是王维的这首诗,从皇帝视朝落笔,气势恢弘典雅,超越原作。在宫掖诗中堪称典重清新,绝非一味的富丽堂皇。尤其是颔联"九天阊阖开宫殿,万国衣冠拜冕旒",赞颂唐王朝的恢弘气象,被誉为"廊庙绝响",以至于人们常常用这一千古名联来形容"盛唐气象"。殊不知,这首诗写于唐肃宗至德三年春天,即郭子仪收复长安的第二年。但从诗中丝毫看不出杜甫笔下"国破山河在,城春草木深"的荒破景象,反而给人以奋发向上的震撼力。杜甫的和诗,苏轼很欣赏"旌旗日暖龙蛇动,宫殿风微燕雀高"一联,认为它乃"七言之伟丽者"。明代的胡应麟则欣赏岑参和诗的颈联:"花迎剑珮星初落,柳拂旌旗露未干。"认为这一联"绚烂鲜明,早朝意宛然在目"。同时他赞美王维和诗的颔联"九天阊阖开宫殿,万国衣冠拜冕旒"为"高华博大,而冠冕和平"。可谓见仁见智。唯独元朝的方回指出,在"京师喋血之后,疮痍未复"之际,四人却"夸美朝仪",有点忘乎所以地粉饰太平了!

含元殿遗址

奉和圣制从蓬莱向兴庆阁道中留春雨中春望之作应制[1]

王 维

渭水自萦秦塞曲,黄山旧绕汉宫斜[2]。
銮舆迥出千门柳,阁道回看上苑花[3]。
云里帝城双凤阙[4],雨中春树万人家。
为乘阳气行时令,不是宸游玩物华[5]。

注:
① 蓬莱:指大明宫。大明宫在龙首原上,初名大安宫。贞观九年改名大明宫。高宗龙朔二年又改名蓬莱宫。咸亨元年又恢复为大明宫。
② 黄山:汉宫名,在今咸阳兴平西。已不存。
③ 阁道:从大明宫至兴庆宫的复道,专供皇帝出行使用。
④ 双凤阙:指大明宫含元殿前东边的翔鸾阁和西边的栖凤阁。
⑤ "为乘"二句:此联意思是皇帝出游是顺应天道,以行时令,而不是为了游乐。宸游:皇帝出游。

【诵读导语】

皇帝出题,臣僚作诗,称为应制。此诗所咏之景为陪同唐玄宗从大明宫向兴庆宫行进途中所见的长安春景。首联总写长安形胜;次联写銮舆从大明宫出发;第三联写帝城春光,状物写景,雍容典重,意致闲雅,被誉为"诗中有画"的千古名联;结尾以"行时令"收结,归于"奉和",不失雅正。全诗整炼精工,为应制诗之冠。清朝的方东树说这首诗"兴象高华,称台阁体"。宋朝的苏轼有一首《望江南》(超然台作)词,上阕的景致和王维的"云里帝城双凤阙,雨中春树万人家"有异曲同工之妙:"春未老,风细柳斜斜。试上超然台上看,半壕春水一城花。烟雨暗千家。"都给人以烟水明媚的美感。

兴庆宫沉香亭

【诵读导语】

这组诗作于天宝初年李白在朝廷供奉翰林时。一日,兴庆宫牡丹盛开,玄宗与妃子登沉香亭赏花,传李白赋诗。诗成,命李龟年演唱。这组人花合咏之诗,为诗坛绝唱;诗中的妃子,其容貌冠绝古今,又一绝;李龟年乃当时第一歌手,此又一绝。故曰三绝!第一首写妃子美若天仙,第二首写妃子容貌古今无双,第三首写皇帝被名花与美人所陶醉。三首诗,花人合一,一气呵成,秾艳瑰丽,堪称盛唐文化的杰出代表。《松窗杂录》说诗中的"妃子"是杨贵妃,这不符合史实。李白为翰林学士时,杨玉环还没有被册封为贵妃。李白离开长安的第二年,即天宝四载,杨玉环才被册封为贵妃。这时,李白和杜甫正在山东漫游。而且第二首又有"可怜飞燕倚新妆"的诗句。可见,和唐玄宗一起赏牡丹的是类似于赵飞燕的妃子。以李白的才华,他不会用能做掌上舞的赵飞燕比喻以胖为美的杨贵妃。故而当时陪同玄宗赏牡丹的妃子极有可能是江南才女梅妃。这组诗问世后,论家蜂起。而最有代表性的就是清人沈德潜说的:"三章合花与人言之,风流旖旎,绝世丰神。"而清代诗论家叶燮则赞叹李白"天才自然,出类拔萃"的人格和"挥洒万乘之前"的雄才。

清平调词三首

李 白

云想衣裳花想容,春风拂槛露华浓。
若非群玉山头见①,会向瑶台月下逢②。

一枝秾艳露凝香,云雨巫山枉断肠③。
借问汉宫谁得似,可怜飞燕倚新妆④。

名花倾国两相欢⑤,常得君王带笑看。
解释春风无限恨⑥,沉香亭北倚阑干。

注:
① 群玉山:神仙住的地方。
② 瑶台:道家传说中西王母的宫殿。
③ "云雨"句:意谓巫山神女都没有在兴庆宫中赏花的这位妃子漂亮,所以楚庄襄王也是枉自多情。
④ "可怜"句:意思是赵飞燕要靠衣服装扮才显得漂亮。可怜:可爱。
⑤ 名花:牡丹花。倾国:指唐玄宗的妃子。两相欢:写妃子乃绝代美人,并写花也喜欢妃子,栩栩欲活。
⑥ "解释"句:意谓这位妃子颇懂风情。

牡丹

秋兴八首之五[①]

杜甫

蓬莱宫阙对南山[②],承露金茎霄汉间[③]。
西望瑶池降王母,东来紫气满函关[④]。
云移雉尾开宫扇,日绕龙鳞识圣颜[⑤]。
一卧沧江惊岁晚[⑥],几回青琐点朝班[⑦]。

【诵读导语】

在唐代诗人歌颂帝京长安宏伟气象的作品中,杜甫的这首诗堪称气势雄浑、凌厉千古的佳作。尽管作者写这首诗的时候已处于人生的衰暮之年,而且流落夔州,"孤舟一系","丛菊两开"!他时常为自己"无力正乾坤"而感到惭愧,但是,大唐王朝的盛世景象却支撑着他的精神世界,使其诗境日趋浑厚天成。在诗歌艺术世界里,正是《秋兴八首》这组诗使杜甫攀上了前无古人、后无来者的诗国顶峰,显示了诗人不同凡响的崇高精神世界。确切地说,这是一首怀念太平盛世的力作。蓬莱宫、承露盘、瑶池、紫气等文化意象,充满了道家文化色彩,彰显了道家文化作为中国盛世文化的人文传统。结尾处的"一卧沧江",虽有时不我待的遗憾,但"青琐点朝班"的人生经历却使他时时得到安慰。所以,清代的方东树说:"思宫阙,高华典丽,气象万千。"唐以后,大明宫已经成为"帝京文化"象征。据说元朝有个画家叫李士行,因为画了一幅《大明宫图》而深得元仁宗的喜欢,命中书省"与五品官"。

注:

① 这是杜甫晚年在夔州写的组诗《秋兴八首》的第五首。
② 南山:即终南山。
③ 承露金茎:汉武帝为追求长生不老,听信方士之言,在建章宫树起一座数丈高的铜人,其上举的手掌中置一盘,承接天露,汉武帝以之和着玉屑服用。作者用这个典故意在描绘唐长安皇宫的建筑气势雄伟,直插霄汉。
④ "西望"二句:赞颂唐王朝社会繁荣、国运昌盛的景象。函关:在河南灵宝,是老子入关中所经过的地方。紫气:圣人之气,或祥瑞之气。
⑤ "云移"二句:写自己在肃宗朝早朝时见到皇帝时的情景——当宫扇慢慢向两边移开后,就看见皇帝身着绣有旭日和巨龙的朝服端坐在御座上。
⑥ 一卧沧江:指自己滞留在长江边上。惊岁晚:因又是岁末而感到吃惊,言外之意是说时间过得真快。
⑦ "几回"句:回忆自己在丹凤门外等候早朝。青琐:汉宫门名。因其门边有青镂而得名。此代指大明宫门外。点朝班:按府衙和职务高低排序点名,准备入宫早朝。

大明宫丹凤门

长安晓望寄崔补阙

包 何

迢递山河拥帝京①,参差宫殿接云平。
风吹晓露经长乐,柳带晴烟出禁城②。
天净笙歌临路发,日高车马隔尘行。
自怜久滞诸生列,未得金闺籍姓名③。

注:
① 迢递:绵延不绝。拥:簇拥。
② "风吹"二句:写京城的融融春光。长乐:指唐长安城东门外的长乐坂。即今天的长乐坡。禁城:皇宫。
③ "自怜"二句:意谓自己还没有取得做官的资格。金闺:指朝廷。籍:登记,记录。

【诵读导语】

此诗以"晓望"为题,描绘了帝京长安的早春景象。作者从大处落笔,摹写长安"晓景":先写百二山河簇拥京城、皇宫耸入云天的江山形胜,再从细部入笔,写"风吹晓露""柳带晴烟"的融融春光。笙歌悠扬,车马绝尘,盛赞京城一片宜人的繁华和谐景象。此诗是诗人在天宝七载中进士前写的,所以结尾处难免为自己"久滞"诸生之列而忧郁。结合诗题,不免带有希望崔补阙能予以提携的言外之意。这首诗以"清空流丽"为特点,被胡应麟称为"去盛唐不远"的佳作。

早春

长安晴望

杜 牧

翠屏山对凤城开①,碧落摇光霁后来②。
回识六龙巡幸处③,飞烟闲绕望春台④。

【诵读导语】

古人大多喜欢在春、秋时节登高望远,纵目骋怀。作为诗人,杜牧的这首诗,带有明显的怀古伤今的倾向。前两句写眼前春景。第三句显然是怀念唐王朝全盛时期的君王巡游。结句则是为眼前的景色而伤怀。所以,它不是纯粹的游春诗。明代的高棅对这首诗的评点失于偏颇。他说:"杜牧《长安晴望》诗如何?曰:气格甚好。但断句'飞烟闲绕'字少骨力耳。"于是,他把最后一句修改成"紫云深锁望春台",以显示"君王不事游幸"。殊不知杜牧在"国是日非"的情势下,特别怀念曾经巡游此处的唐玄宗。这和他登乐游原而怀念唐太宗的思古之情是一致的。

注:
① 翠屏:作者把终南山比作大明宫前的屏风。
凤城:原指皇宫,诗中代指长安城。
② 碧落:道家把东方第一层天称为碧落。此指天上。霁:雨后天晴。
③ 回识:回首。六龙巡幸:指天子巡游。
④ 望春台:似指望春宫中的亭台。望春宫在龙首原东南,下临浐水。玄宗开元末建。其遗址在今西安东郊十里铺东高处。王维曾陪唐玄宗游望春亭并写诗记之,起首两句就说亭在"长乐青门外,宜春小苑东"。

唐长安城复原图

【诵读导语】

诗的末句已经点明这首诗写于唐穆宗长庆二年（822）春天。当时，白居易在朝廷任中书舍人。勤政楼西有一棵柳树，是唐玄宗开元年间（713—741）栽种的，到长庆二年，已经历了百年左右。所以，诗一开头就写这棵柳树已经"半朽"了，但它依然临风而立。而面对着这棵老柳树的是一位下马而立的"多情人"，即作者自己。这里的"多情"是指内心涌动着复杂的感情。那么，作者的感情复杂到什么地步？他没有直接说出，而是说：开元年间栽的这棵柳树，到长庆二年依旧能焕发出一点生机，而开元盛世却早已化为历史的记忆。因此，他不是自作多情，而是为唐王朝的逐渐衰落而惆怅。由乾隆皇帝钦定的《唐宋诗醇》说这首诗"不着一字，尽得风流"，就是说这首诗在抒发个人情怀时很含蓄。

多年以后，杜牧也到过兴庆宫，写了一首《过勤政楼》："千秋令节名空在，承露丝囊世已无。唯有紫苔偏称意，年年因雨上金铺。"杜诗从唐玄宗在兴庆宫给自己庆祝生日写起，也带有怀念开元盛世的情感取向。遗憾的是，开元盛世已成为历史的记忆，如今路过勤政楼，但见宫门紧闭，大门上的铺首已经锈迹斑斑。诗人用紫苔"称意"地长满铺首反衬今日兴庆宫的凄凉。

勤政楼西老柳[①]

白居易

半朽临风树，多情立马人。
开元一株柳，长庆二年春。

注：

[①] 勤政楼：即勤政务本楼，在兴庆宫西南角。坐北面南。其西北是花萼相辉楼，坐西面东。

鎏金铜铺首

兴庆宫勤政务本楼遗址

【诵读导语】

殷奎是江苏昆山人，明洪武四年（1371）进士及第。按明朝规定，应该授予县职。殷奎以母亲年老为由，请求在离家近的地方任职，惹恼了朱元璋，被遣往陕西咸阳任教谕。在任三年，即辞职还乡。在离开西安时，他说自己是落魄还乡——"蹇驴被酒出东关"。在行经灞桥时又写了一首《绝句》："灞陵桥下水潺潺，人影离披夕照间。来往总怜车马好，西风破帽独南还。"而他在咸阳任职时，正值朝廷为秦王朱樉修建西安城及王府新城。所以，他是明朝诗人中第一个用诗歌记录西安明代城墙建设的诗人。从考古发掘可以看出：西安城的南城墙利用了唐代"皇城"的南墙。在含光门遗址中，人们可以看到：城墙后面有两层砖墙，里层是唐朝的原墙面。外面是明朝另加砌的一层砖墙。

长安新城二首（选一）

殷 奎

贤王来镇陕关西①，增广都城弗敢稽②。
势兼北苑一绳直③，声殷南山万杵齐④。
晴色远从天汉落⑤，春旗平拂斗杓低⑥。
喜看保障如磐石，为赋秦风气似霓⑦。

注：

① 贤王：指明太祖朱元璋的次子朱樉。洪武三年（1370）被封为秦王，时年15岁。洪武十一年赴藩。在他未就藩之前，朝廷已经指派驻守西安的长兴侯耿炳文、指挥使濮英修建西安城墙及秦王府。陕关：泛指位于河南陕县及灵宝境内的崤函古关。

② 增广：扩展。稽：停留，延迟。

③ "势兼"句：表现西安城池很宏伟。根据史料记载，明西安府城是在唐代韩建修建的新城的基础上扩建而成的——北墙和东墙均向外延伸。这样一来，西安府的城垣基本上包括了唐代的皇城和皇城北面的太极宫、掖庭宫的南部，以及唐丹凤门南的永昌、永兴、崇仁等坊。呈现南北短、东西长的长方形。北苑：指太极宫北面的禁苑。它处在明西安城中轴线的北端，所以说"一绳直"。

④ "声殷"句：意谓筑墙的民工万杵齐下，声震南山。声殷南山：声震南山。杵（chǔ）：筑墙用的石杵。

⑤ "晴色"句：意谓天气晴朗，万里无云。天汉：即天河，银河。

⑥ 斗杓（biāo）：即斗柄。

⑦ "喜看"二句：上句写西安城墙坚如磐石，有力地保障了地方的安全。下句说西安新城墙充分展示了秦王豪壮的气概，直贯长虹。

唐含光门遗址

【诵读导语】

彭年是明朝嘉靖时人，曾漫游长安，以布衣终老。

唐以后，游览兴庆宫故址的文人墨客多着笔于勤政楼、花萼相辉楼以及龙池。这首诗则以沉香亭为描写对象。唐刘禹锡在《再游玄都观》的小序中说他元和十年曾因写《戏赠看花诸君子》而再次遭贬。那时玄都观里桃花盛开，灿烂如霞。十四年后，他又回到长安，再去玄都观游览，看到的是"唯兔葵燕麦动摇于春风"，桃花无复一树，一片荒凉景象。彭年大抵受了刘禹锡的影响，起笔就用燕麦青青暗示沉香亭畔早已没有秾丽妖艳的牡丹花了，而且荒草中屡见断础。中间两联从眼前的荒破景象引出当年这里发生的李白醉中赋《清平调词三首》的文坛佳话以及唐玄宗耽于淫乐而导致安史之乱的痛心往事。结尾又回到眼前，以萧然的磬声和鸡鸣作结，伤古之情溢于言表。

沉香亭故址

彭 年

辇路青青燕麦齐，镂空断础枕蒿藜①。
彩云天外留歌舞，斜日宫门动鼓鼙②。
绝调几人舔赋笔，新妆何处问香泥③？
徘徊野寺栏杆北，清磬萧然杂午鸡④。

注：

① "辇路"二句：写兴庆宫的荒凉。辇路：皇帝经常行经的路。辇：皇帝乘坐的车子。断础：折断的柱础。础：支撑梁柱的石质底座。

② "彩云"二句：上句是说霓裳羽衣舞的旋律似乎还在天外萦绕。下句说安禄山已经发动了叛乱。

③ "绝调"二句：上句意谓再也没有人能写出李白《清平调词三首》那样的华章了。下句用落花成泥暗喻杨贵妃早已香消玉殒，毫无踪迹可觅。舔(tiàn)：在砚台上濡匀笔端的墨汁。

④ "徘徊"二句：写今日沉香亭的萧条景象。据说兴庆宫破败后曾有道士在此建道观。

兴庆宫沉香亭遗址 （日）足立喜六 摄

含元殿故基

管楫

唐家双阙大明宫[1],废址巍然城角东[2]。
世代已非陵谷变,山河依旧市朝空[3]。
盈堆瓦砾农耕遍,无数牛羊野牧通。
过客不须此惆怅,未央长乐总蒿蓬[4]。

注:
[1] 唐家:即唐。长安方言中,常有在名词后面缀一"家"字的习惯,但"家"字只是后缀,没有实际意义。双阙:宫殿或正门前的阙楼。大明宫含元殿前东有翔鸾阁,西有栖凤阁,故曰双阙。
[2] 城角东:大明宫处于长安城东北角,而且在北城墙外的龙首原上。
[3] "世代"二句:前一句意谓世代已经发生了变化,就像大地上陵变为谷、谷变为陵一样,面目全非。后一句意谓社会发生了巨大变化。市朝:即朝野。
[4] 未央长乐:即汉朝的未央宫、长乐宫。此句是说汉朝的宫殿已经是蒿草遍地了,言外之意是不要为唐的衰落而忧伤。

[诵读导语]

这首诗的作者是西安人,明朝正德年间在世。从题目和内容看,这是一首吊古诗。诗中的双阙是一种历史遗存,但作者并没有让它埋没于蒿草与荆棘中,而是写其巍然屹立于城东的高处。"巍然"二字,略带惋惜与遗憾之情。所以,颈联写了瓦砾成堆,农夫耕于双阙之前,牧童驱牛赶羊的场景,从而坐实了前面的陵谷之变。而早于他的熊鼎有一首《长安怀古》:"立马平原望故宫,关河百二古今雄。南山双阙阿房近,北斗连城渭水通。龙去野云收王气,鹤巢陵树起秋风。英雄事业昭前哲,看取秦皇汉武功。"这首怀古诗大气充中,毫无伤感惆怅,在明人的怀古诗中是难得的上乘之作。也许是"秦中自古帝王州"的悠久历史感动了这位江西临川才子,所以才有了这样的佳作出现。反倒是出生于西安的管楫恐怕是为千秋帝都的失落而困惑,所以才有了陵谷之变的叹惋。

含元殿遗址 (日)足立喜六 摄

西安二首（选一）

李嘉绩

雄城高踞几春秋①，四面黄尘扑画楼。
秦汉隋唐事销歇②，尚称千古帝王州。

注：
① "雄城"句：诗人由眼前西安的明代城墙遥想汉唐长安城的高峻雄伟。几春秋：意即时间很漫长，不知过了多少年。
② 销歇：消失，烟消云散。

【诵读导语】

李嘉绩是直隶通州人，生活在清朝末年，曾在陕西各地任地方官多年。陕南、陕北、关中都留下了他览古的踪迹。清末，号称西北重镇的古都西安已经荒破不堪，徒有虚名。但这并不影响它作为千古帝王之都的历史地位，更没有人怀疑它深厚的历史文化蕴藏。这首诗起笔即思接千古，气势高亢，讴歌西安的悠久历史。尽管诗人也写了西安"四面黄尘扑画楼"的荒凉景象，也写了"秦汉隋唐事销歇"的沧桑巨变，但在结尾却不容置疑地肯定了西安"千古帝王州"的历史地位。作者在他的《咸阳怀古》诗中说咸阳是"千古群雄争战后，只今惟见草茫茫"。但他对西安似乎有所偏爱，流露出对这座历史文化名城的自信与自豪。

西安明城墙

坊里篇

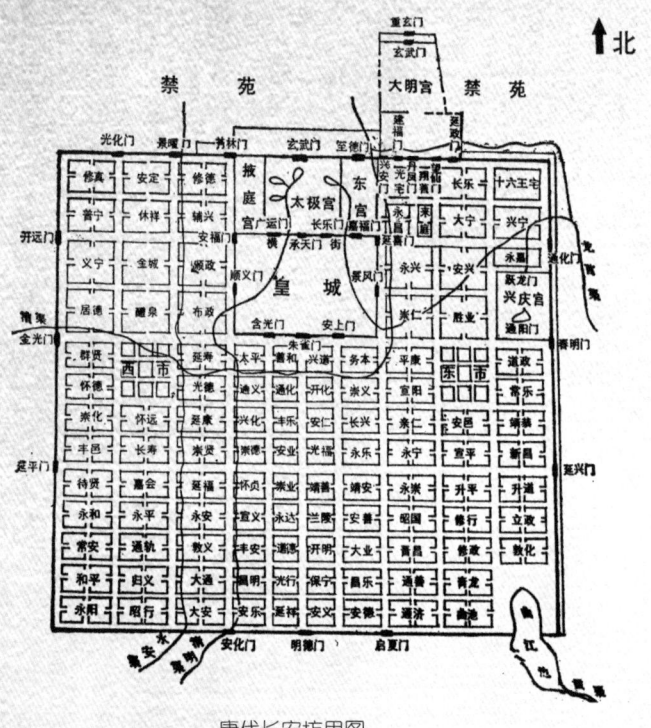

唐代长安坊里图

  唐代长安城的街坊呈现出正南正北、正东正西走向的棋盘式布局。朱雀门外南北走向的朱雀大街把京城分为东西两部分,各五十四坊(据清徐松《唐两京城坊考》)。朱雀门以北至承天门为皇城,承天门以北至玄武门为太极宫。皇城、太极宫东西宽度与朱雀门外东西四个坊里相等。南北长度也是四个坊里。据考古发掘报告称:长安外廓城东西长 9700 米,南北长 8600 米,周长约 36000 米,是我国古代面积最大的京城。京城东、西、南三面城墙共有九座城门:南面从西向东分别是安化门、明德门、启夏门;东面从北向南分别是通化门、春明门、延兴门;西面从北向南分别是开远门、金光门、延平门。北城墙太极宫西面有光化门、景曜门、芳林门,是通向禁苑的三座门。北城墙东部有兴安门、建福门、丹凤门、望仙门、延政门以出入大明宫。另有东市、西市在朱雀大街东、西第四个街区。长安城坊里是居民区。而且是官民杂居。从唐初开始到唐末,长安城经历了从初创到繁华,再到没落的发展过程。而这样一段历史也被唐代诗人以及后人或多或少地记录了下来。这里选录了一些与唐人日常生活有关的诗篇,仅供参阅。

胜业坊

过大哥山池题石壁①

唐玄宗

澄潭皎镜石崔巍②,万壑千岩暗绿苔。
林亭自有幽贞趣③,况复秋深爽气来。

注:
① 过:拜访。大哥:即唐玄宗的大哥宁王李宪。他是唐睿宗的嫡长子,按理应继承皇位。但他审时度势,主动把皇太子位置让给了李隆基。所以,他去世后,唐玄宗追尊他为"让皇帝"。其陵曰惠陵。山池:即山水园林。宁王宪的园林紧挨着兴庆宫。其遗址在今西安东关正街以南至咸宁西路。
② 皎镜:即皎如明镜。
③ 幽贞趣:即隐逸的乐趣。

【诵读导语】

宁王宪的山池院在胜业坊东北隅。引兴庆宫水西入院中,疏凿屈曲为九曲连环池。院内堆土叠石,栽植名花异木。殿堂亭榭,蜿蜒相连。其豪奢程度,冠绝私家园林。由于紧邻兴庆宫,唐玄宗不时驾幸游赏。有时还让群官赴宁王山池宴乐,他就在花萼相辉楼观看。有时他还和他的妹妹玉真公主同去,并留有《同玉真公主过大哥山池》:"地有招贤处,人传乐善名。鹜池临九达,龙岫对层城。桂月先秋冷,蘋风向晚清。凤楼遥可见,仿佛玉箫声。"

李宪墓(惠陵)

延寿坊

【诵读导语】

延寿坊的古池,实际上是由永安渠和漕渠水汇聚而成的池塘。延寿坊曾被推为长安繁华之最,坊内豪贵之家众多。唐懿宗咸通十四年迎法门寺佛骨入宫供奉,该坊豪贵巨贾举办无遮斋法会,冠绝京城。坊内有佛寺两处。贾岛曾寓居懿德寺,写有《延寿里精舍寓居》。本来这里是红尘闹市,他在诗中却说:"旅托避华馆,荒楼遂愚慵。短庭无繁植,珍果春亦浓。"住了一段时间,他就移居到南边延康坊的西明寺。其《延康吟》说:"寄居延寿里,为与延康邻。不爱延康里,爱此里中人。"吴融是唐朝末年人,他看到的延寿坊早已今非昔比了。如果不看题目,还以为是写荒村野塘。尾联"繁华自古皆相似,金谷荒园土一堆",用石崇金谷园的败落观照延寿坊。这是晚唐诗人常用的结尾手法。

题延寿坊东南角古池①

吴 融

蔓草萧森曲岸摧②,水笼沙浅露莓苔。
更无簇簇红妆点,犹有双双翠羽来。
雨细几逢耕犊去,日斜时见钓人回③。
繁华自古皆相似,金谷荒园土一堆④。

注:

① 延寿坊:地处唐长安城朱雀大街第三街之西从北向南第五坊。坊址在今西北大学新村及其以西一带。

② 摧:坍塌。

③ "雨细"二句:延寿坊东、西、南三面分别有清明渠、永安渠、漕渠流过。水边亦有农田。故云"几逢耕犊""时见钓人"。

④ "繁华"二句:该坊由于地处朱雀门外东西横街,有通衢之便,故多有朝廷权贵在此构筑宅园。如高宗时的吏部尚书裴行俭及中宗女宜城公主、成安公主等人均有宅第在此。金谷荒园:即晋石崇的金谷园,在洛阳。石崇败落,金谷园亦荒废。

兴化坊

酬裴相公题兴化小池见招长句①

白居易

为爱小塘招散客，不嫌老监与新诗②。
山公倒载无妨学③，范蠡扁舟未要追④。
蓬断偶飘桃李径，鸥惊误拂凤凰池⑤。
敢辞课拙酬高韵⑥，一勺争禁万顷陂。

注：

① 裴相公：即裴度，时任宰相。兴化：即兴化坊。坊内有裴度宅园。坊址在今西安市含光路与太白路北段及陕西省人民医院一带。
② 老监：白居易当时在朝廷任秘书监，已经50多岁了，故自称老监。
③ 山公：晋朝竹林七贤中的山涛。倒载：喝醉酒后倒在车上。
④ 范蠡扁舟：范蠡辅佐越王勾践灭吴后，功成身退，驾一叶扁舟，泛于五湖。白居易的意思恰恰相反！裴度在削平藩镇的斗争中，屡建奇功，但白居易告诉他：不要学范蠡。
⑤ "蓬断"二句：作者自比断蓬、惊鸥，用桃李径、凤凰池比喻裴度宅园的小湖。因裴度是宰相，唐人也多用凤池代指宰相。
⑥ 课拙：指自己写诗的功底笨拙。高韵：赞裴度的诗。

【诵读导语】

裴度写了一首《兴化小池》诗给白居易，并邀请他去宅园一聚。白居易就写了这首诗回赠给裴度。所谓"招散客"，是说邀请他这样的闲散人。而且裴相公也不嫌弃他老，也不嫌他的诗不好。这是回赠时的客套话。接下来的"山公"两句，把裴度比作竹林七贤中颇有远见的山涛，称赞他的风神气度；但又希望裴度不要像范蠡那样，激流勇退。"蓬断"两句，写自己受邀游园的感受：既有点像断蓬飘落春意浓浓的桃李径，又有点像受惊的鸥鹭落到了凤凰池上。尾联的意思是：接到邀请，自己不敢推辞。但是又觉得自己的诗不好，难酬高韵；又觉得自己就像沧海中的一勺水，在万顷波涛面前很惭愧。赞美与自谦结合得恰如其分。白居易去了以后，还留宿在裴氏宅园，并写了一首《宿裴相公兴化池亭兼蒙借船舫游泛》："林亭一出宿风尘，忘却平津是要津。松阁晴看山色近，石渠秋放水声新。孙弘阁闹无闲客，傅说舟忙不借人。何似抡才济川外？别开池馆待交亲。"前四句写泛舟的乐趣。接着用汉武帝时开阁招揽人才的宰相公孙弘和商朝武丁时的大宰臣傅说（yuè）比喻裴度，赞美他为国延揽人才。当然也希望裴度能提携自己。不过这话没有明说。

大安坊

游郭驸马大安山池①

羊士谔

马嘶芳草自淹留,别馆何人属细侯②。
仙杏破颜逢醉客,彩鸳飞去避行舟。
洞箫日暖移宾榻,垂柳风多掩妓楼。
坐阅清晖不知暮,烟横北渚水悠悠③。

【诵读导语】

郭暧身份特殊,所以,许多社会名流以及诗人都以和他交往为荣。像吕温就有一首《春日游郭驸马大安亭子》:"戚里容闲客,山泉若化成。寄游芳径好,借赏彩船轻。春至花常满,年多水更清。此中如传舍,但自立功名。""传舍",战国时贵族们给食客提供食宿的地方。客分上、中、下三等,舍也分传舍、幸舍、代舍。吕温这样说,说明郭驸马很看得起他,所以,他表示自己还要为国家建立功绩。但是,羊士谔的这首《游郭驸马大安山池》却着笔于山池的景色。园中芳草绿茵,红杏满枝,垂柳摇曳,烟水微茫,洞箫悠扬,水鸟翩翩。而景中的人,品酒赏乐,一派悠闲。但是,也有人在和郭驸马交游时完全是以奉迎为主,如李端的《赠郭驸马二首之一》:"青春都尉最风流,二十功成便封侯。金距斗鸡过上苑,玉鞭骑马出长楸。熏香荀令偏怜少,傅粉何郎不解愁。日暮吹箫杨柳陌。路人遥指凤凰楼。"据说郭驸马听了这首诗特别高兴,立马赏缣百匹。

注:

① 郭驸马:即郭子仪的第六个儿子郭暧。娶唐代宗女儿升平公主。大安:即大安坊。坊址在今西安市区西南,电子四路以北、北山门口西北康家村一带。
② 细侯:即郭伋,字细侯,东汉茂陵人。曾任并州牧,政绩卓著。这里喻指郭驸马。
③ "烟横"句:永安渠正好流经大安坊郭驸马宅园,故云烟水悠悠。

郭驸马大安山池遗址

亲仁坊

亲仁里双鹭[①]

许　棠

双去双来日已频，只应知我是江人[②]。
对欹雪顶思寻水[③]，更振霜翎恐染尘。
三楚几时初失侣[④]，五陵何树又栖身。
天然不与凡禽类[⑤]，傍砌听吟性自驯。

注：
① 亲仁里：即亲仁坊。今西安市雁塔北路西安建筑科技大学对面瓦窑村一带。郭子仪宅园在长安城亲仁坊西北角。该坊东南角为安禄山宅园。
② 江人：许棠是宣州泾县（今安徽泾县）人，故云。
③ 对欹：侧着头互相依靠。雪顶：白色的头。
④ 三楚：秦汉时楚国习惯上被分别称为西楚（彭城）、东楚（吴）、南楚（江陵）。
⑤ 不与凡禽类：和凡鸟不一样。

【诵读导语】

安史之乱爆发以后，郭子仪凭着其卓越的军事指挥才能为平定动乱建立了不朽的功勋，被誉为"再造唐室"的功臣。他的宅园在亲仁坊。而他的园林在大通坊（今西安市电子一路一带），其南就是他的儿子驸马都尉郭暧的园林。许棠的这首诗只是写了亲仁坊静谧的自然环境：鹭鸶悠然而来，悠然而去。并没有提及郭子仪宅园。不过，透过作者的描写，我们可以想象到当时亲仁坊和谐的人居环境。那里有时甚至可以听到猴子的叫声。唐彦谦《亲仁里闻猿》："朱雀街东半夜惊，楚魂湘梦两徒清。五更撩乱趋朝火，满口尘埃亦数声。"诗中的"猿"可能是里人驯养的，而不是山野的猴子窜入城市。

郭子仪宅园遗址一隅

秋日题窦员外崇德里新居①

刘禹锡

长爱街西风景闲②,到君居处暂开颜。
清光门外一渠水③,秋色墙头数点山。
疏种碧松过月朗,多栽红药待春还。
莫言堆案无余地④,认得诗人在此间。

注:
① 窦员外:即窦巩,时任司勋员外郎。崇德里:坊址在今西安市南二环西何家庄。
② 街西:崇德坊在朱雀大街之西第二街街西、从北向南第四坊,故云。
③ 一渠水:清明渠从该坊西边由南向北流过。而该坊只有东、西两座坊门。
④ 堆案:指公务繁忙。

【诵读导语】

这是一首祝贺朋友乔迁新居的诗,但却没有一句恭贺的话,而是写新居周围的景色。开头一句,写自己爱崇德里这个地方,原因是这里的风景让人感觉到十分悠闲。所以,作者说他一到朋友新居就非常高兴。"清光"一联是写实:坊里门外渠水清澈,隔着院墙还能看见远处的终南山。"疏种"一联则是写虚:作者希望朋友能在院子里栽些松树,但不能太稠密,否则就会失去"明月松间照"的美景;还要多栽些红药(芍药),到春回大地时,让院了里充满春天的气息。"莫言"一联,是作者叮咛朋友:你不要借口公务繁忙,没有时间做这些事,要知道你还是个诗人,诗人就应该有诗人的雅趣!刘禹锡写这首诗的时候,也是刚从贬地回到长安不久。虽然经历了二十三年的贬谪生涯,却没有低迷与惆怅。后来,晚唐的罗隐为参加进士考试也住到了崇德里。由于仕途不顺,他在《西京崇德里居》中流露出的心情就很沉闷:"进乏梯媒退又难,强随豪贵猎长安。风从昨夜吹银汉,泪拟何门落玉盘。抛掷红尘应有恨,思量仙桂也无端。锦鳞赪尾(chēng wěi,困苦劳累)平生事,却被闲人把钓竿。"

升平坊

欲与元八卜邻先有是赠①

白居易

平生心迹最相亲,欲隐墙东不为身②。
明月好同三径夜,绿杨宜作两家春。
每因暂出犹思伴,岂得安居不择邻③。
何独终身数相见④,子孙长作隔墙人。

【诵读导语】

古人受孟母三迁故事的影响,形成了择邻而居的传统。元和中,白居易在京任职时,好友元宗简在升平坊购置了一处宅园。白居易很想和他为邻,就写了这首诗表明心迹。"平生心迹最相亲"是全诗的核心。"明月"一联,以景传情;"每因"一联,倾吐欲与其卜邻之心声。结尾一联,上句写与元八经常见面,下句就说子孙更应该做邻居。全诗以"最相亲"三字为主脑,层层推进,论交情则是愈写愈深。

注:

① 元八:即元宗简,白居易的诗友。他在升平坊购置了一座宅园。白居易很想与他做邻居,就写了这首诗。升平坊在朱雀大街之东第四街街东、从北向南第九坊。东南距曲江池不远。坊址在今西安市区东南西影路以北及后村、观音庙一带。
② 墙东:代指隐士居住的地方。语出《后汉书·逸民传》。
③ 择邻:选择好邻居。语涉孟母择邻故事。
④ 数:屡次,经常。

大唐西市

元和十一年自朗州召至京戏赠看花诸君子

刘禹锡

紫陌红尘拂面来①，无人不道看花回。
玄都观里桃千树②，尽是刘郎去后栽③。

注：
① 紫陌：指京城大道。
② 玄都观：唐长安城著名道观。在崇业坊内，东与靖善坊的大兴善寺隔朱雀大街相望。
③ 刘郎：一语双关，既用汉代刘晨入天台山采药遇仙女故事，又是作者自称。

【诵读导语】

长安城的文人雅士有春日赏花的闲情逸致。可是，对刘禹锡来说，赏花却和他的政治命运紧密联系在一起。刘禹锡因参与永贞革新被唐宪宗贬为朗州司马。十年后被召还。当时正值桃花盛开时节。满城的人都去玄都观看桃花，他也去了。也许他当年离开长安时，玄都观里没有桃花，于是他就写了这首诗。前两句写看花，后两句说玄都观的桃花都是他离开长安后才栽的。说者无心，听者有意，这首诗被认为是讽刺那些朝中新贵都是靠打击永贞党人攀上高位的。此后，他去拜访宰相李逢吉。李对他先是安慰一番，当刘禹锡问起自己的职务安排时，李逢吉说："近者新诗，未免为累。奈何？"话说得很清楚：你写的那首诗，恐怕连累了你，怎么办呢？过了几天，朝廷就让他离开京城，出任连州刺史。因一首诗而在政治上遭受排挤，可以说刘禹锡是唐代历史上第一个因诗取祸的人。不仅如此，当年和他一起被外贬的柳宗元也奉诏回京，途经灞桥时很高兴，写了一首《诏追赴都二月至灞亭上》："十一年前南渡客，四千里外北归人。诏书许逐阳和至，驿路开花处处新。"想不到也受到牵连，被贬为柳州刺史。

桃花

崇业坊

再游玄都观（并引）

刘禹锡

余贞元二十一年为屯田员外郎时，此观未有花。是岁出牧连州，寻贬朗州司马。居十年，召至京师。人人皆言有道士手植仙桃，满观如红霞，遂有前篇，以志一时之事①。旋又出牧，于今十有四年，复为主客郎中。重游玄都观，荡然无复一树，唯兔葵燕麦动摇于春风耳。因再题二十八字，以俟后游②。时大和二年三月。

百亩庭中半是苔，桃花净尽菜花开③。
种桃道士归何处？前度刘郎今又来④。

注：
① 志：记。
② 俟（sì）：等候，等待。
③ 桃花净尽：没有一棵桃树了。
④ 前度：前一次。

【诵读导语】

刘禹锡于元和十一年出任连州刺史后，一共在外任职十三年。十三年后，他又回到长安。这一次，他有意识地再游玄都观，并留下了这首诗。从诗前的"引"（序）文可以看出，刘禹锡第一次因诗遭贬离开长安时，玄都观里确实没有桃花。因此，前一首诗中的"玄都观里桃千树，尽是刘郎去后栽"只是写实，不是"语涉讥刺"。只是新贵们做贼心虚，才给刘禹锡强加了"语涉讥刺"的"罪名"。而这一次写《再游玄都观》时，诗人也就无所避讳，以一个胜利者的姿态讽刺政坛上那些昙花一现的执政者："种桃道士归何处？前度刘郎今又来。"这种桀骜不驯的个性被白居易赞许为"诗豪"。当时的宰相裴度惜其才，欲令其知制诰。可是，有人又把这首《再游玄都观》诗及"引"报告给唐文宗，文宗不悦，仅授其礼部主客郎中。不久，裴度罢相，刘禹锡也被"分司东都"，离开了京城。因为两首诗而断送了一生中二十多年的宝贵时光，在整个唐代也只有刘禹锡一人！

玄都观

安邑坊

【诵读导语】

马燧是唐代宗、唐德宗时期的中兴名将。因平定汴州叛乱以及讨伐藩镇田悦、朱滔、王武俊取得卓著战功,被封为北平郡王。唐德宗贞元三年被剥夺兵权。贞元十一年去世。马燧的宅园在安邑坊(坊址在今西安建筑科技大学校园东侧到祭台村之间)。马燧死后,有一年夏初,马燧的儿子马畅把园子里的大杏赠给宦官窦文场。窦又献给德宗。德宗从来没见过这么大的杏,很吃惊,就派宦官去封这棵杏树。马畅很害怕,就把整座园子捐给朝廷,取名奉诚园。没过几年,奉诚园就变成了一座荒园。窦牟的这首诗,第一句用"绝缨"这个典故,赞许马燧卓越的战功。后面三句写奉诚园荒凉破败以及自己睹物怀旧的伤感之情。清朝的沈德潜读了这首诗,一针见血地说此诗"既伤马氏,又见德宗之薄情"!元稹也写有一首《奉诚园》:"萧相深诚奉至尊,旧居求作奉诚园。秋来古巷无人扫,树满空墙闭戟门。"以"深诚奉至尊"的人,最后落到门可罗雀的地步,这恐怕仅仅只有唐德宗一个人的作为吧!晚唐杜牧甚至把奉诚园看作是田家:"安邑南门外,谁家板筑高?奉诚园里地,墙缺见蓬蒿。"(《过田家宅》)

奉诚园闻笛①

窦 牟

曾绝朱缨吐锦茵②,欲披荒草访遗尘③。
秋风忽洒西园泪④,满目山阳笛里人⑤。

注:

① 奉诚园:唐德宗时司徒兼侍中马燧的宅园。贞元末,神策中尉申志廉劝马燧之子马畅将其纳为公田产。马畅遂献第,命名为奉诚园。园中有园林亭观,尤以大杏出名。

② 绝朱缨:春秋时楚庄王宴群臣,酒酣,灯烛忽灭。有人扯美人衣,美人乃扯断其冠缨。美人乃告王,让马上点烛。王曰:醉酒失礼,寡人不能为全妇人名节而辱士。因命参加宴会的人都把冠缨扯断,然后才点烛。这样就不会知道是哪个人扯了美人衣服。后来,楚与晋战,冲锋陷阵退敌者,乃扯美人衣者。作者用此典,意在说明马燧战功卓著。吐锦茵:酒醉呕吐于坐垫。

③ 披:拨开。

④ 西园泪:曹植建西苑,与宾客游乐。后经世乱,当年参加过游宴的刘桢睹物怀旧,伤心流泪。西园泪即指此。

⑤ 山阳笛:山阳是竹林七贤常游之地。后来,嵇康被司马氏杀害。向秀路过其旧居,驻足凭吊。忽然听见邻居家有人吹笛,更其伤心。回家后,写了一篇《思旧赋》,怀念嵇康。

经靖安里①

殷尧藩

巷底萧萧绝市尘②,供愁疏雨打黄昏。
悠然一曲泉明调③,浅立闲愁轻闭门。

注:
① 靖安里:即靖安坊。坊址在今西安市小寨长安大学南院及陕西学前教育学院一带。此坊很繁华。唐玄宗女儿咸宜公主在此有庄园。后来宪宗朝宰相武元衡、吏部侍郎韩愈等在此坊有宅园。
② 巷底:巷子深处。市尘:市井的喧闹。
③ 泉明:指隐士陶渊明。唐人为避李渊的名讳,凡"渊"字,均改为"泉"字。如李商隐"紫泉宫殿锁烟霞"、李白"暂就东山赊月色,酣歌一夜送泉明"中的"泉"字都是改"渊"为"泉"。

【诵读导语】

殷尧藩历经德宗、顺宗、宪宗、穆宗、敬宗、文宗、武宗、宣宗八朝,这也是唐王朝每况愈下的时期。所以,他的笔下常常出现荒凉破败的景象,就不足为奇了。而且,他是浙江嘉兴人,生性爱山水,尝对人说:"一日不见山水,与俗人谈,便觉胸次尘土堆积。"在这首诗中,他只写了靖安坊一角的景色。其特点一是绝市尘,二是秋雨黄昏。他把这两点归于一种悠然而然的渊明情调!"浅立闲愁轻闭门"就是为了欣赏这种情调。元稹也住在靖安坊,但他在《靖安穷居》中流露出的情怀就和殷尧藩不一样:"喧静不由居远近,大都车马就权门。野人住处无名利,草满空阶树满园。"在他看来,权门住的地方都很喧闹,穷士门口从来都很安静。所以,自己即便是住在靖安坊,也是"草满空阶树满园"。

靖安坊遗址

春日与王右丞过新昌里访吕逸人不遇①

裴 迪

恨不逢君出荷蓑②,青松白屋更无他③。
陶令五男曾不有,蒋生三径枉相过④。
芙蓉曲沼春流满⑤,薜荔成帷晚霭多。
闻说桃源好迷客⑥,不如高卧眄庭柯。

【诵读导语】

这是一首寻隐者不遇诗。作者和王维去拜访隐居于新昌里的吕逸人,未遇,裴迪就写了这首诗。首句写"不遇"。次句写其家贫:院子里除了一棵松树、一间草房,别的什么都没有。"陶令"二句写不遇的遗憾。"芙蓉"一联,写其居临近曲江池和芙蓉苑,故而春水溶溶、轻霭缭绕。尾联写吕逸人喜欢寻幽探胜,但是,人在桃源爱迷路,不如待在家里。言外之意仍归结到题目中的"不遇"。王维也写了一首《春日与裴迪过新昌里访吕逸人不遇》:"桃源一向绝风尘,柳市南头访隐沦。到门不敢题凡鸟,看竹何须问主人?城外青山如屋里,东家流水入西邻。闭户著书多岁月,种松皆老作龙鳞。"裴迪的诗围绕"不遇"展开,王维的诗则围绕吕逸人"绝风尘"的人格展开。从"不敢题凡鸟"一句可以看出吕逸人是一位"隐于市"的隐士。《世说新语》记载:嵇康和吕安是莫逆之交。一日,吕安去拜访嵇康,恰好嵇康不在家。其弟嵇喜住在隔壁,想把吕安让进自己家。吕安就在嵇喜门上写了一个"鳳"字,然后就扬长而去。"鳳"字拆开来是"凡鸟"。吕安的意思是:嵇喜是个不可交的世俗人。

注:

① 王右丞:即王维。唐肃宗上元元年,王维任尚书右丞。史称王右丞。新昌里:坊址在今西安市乐游原西北铁炉庙村一带。其东南即唐长安城延兴门。逸人:隐士。
② 荷(hè)蓑:披着蓑衣。
③ 他:别的。
④ "陶令"二句:意思是你要是像陶渊明那样,有几个孩子就好了。你出门不在家,我们也不至于进不了门。据说陶渊明有五个儿子。作者说吕逸人"五男曾不有",说明吕逸人孤身一人住在新昌里。蒋生:即蒋诩。西汉末年,王莽篡权,诩称病隐居杜陵。他家院子里有三条小路,他只和羊仲、求仲两位隐士来往。后人遂以三径代指隐士的居所。枉相过:白跑一趟。
⑤ 芙蓉:芙蓉苑。曲沼:曲江池。新昌坊临近曲江池和芙蓉苑。故云。
⑥ 好(hào):容易。

玉真公主歌①

高 适

常言龙德本天仙②,谁谓仙人每学仙。
更道玄元指李日③,多于王母种桃年④。

注:
① 玉真公主:唐玄宗的妹妹。
② 龙德:常指有龙德星命的人,即贵人。此指玉真公主。
③ 玄元:即老子,名李耳。唐王朝尊其为始祖。据说他指李树为姓。
④ "多于"句:意思是老子指李树为姓比西王母种仙桃的时间还要早。

【诵读导语】

玉真公主由于身份特殊,成为开元天宝年间道教界举足轻重的人物。她在辅兴坊建有自己的道观玉真观。其观址在今西安市玉祥门外盘道西南角。高适的这首诗说得很直白:你玉真公主本来就是有"龙德星"命的贵人。这本来就是神仙,却还要学神仙!而且还对世人说你的始祖玄元皇帝指李树为姓的时间比西王母种仙桃的岁月还要早。按说,这是无稽之谈。可是,经高适这么一说,就有点毁誉参半的意思了。后来的张籍写有《玉真观》:"台殿曾为贵主家,春风吹尽竹窗纱。院中仙女修香火,不许闲人入看花。"唐代宗宝应元年,玉真公主去世。所以,张籍笔下的玉真观已经成了纪念玉真公主的道观了。大历十才子之一的卢纶有《过玉真公主影殿》:"夕照临窗起暗尘,青松绕殿不知春。君看白发诵经者,半是宫中歌舞人。"可见,玉真公主仙逝了,她的道观中专门给她竖立塑像。而且还让那些年纪大了的宫女们"入道",每天为她诵经祈福。

辅兴坊遗址

安业坊

【诵读导语】

安业坊内唐昌观的玉蕊花据说是唐玄宗的妹妹郯国公主亲手种植的。从王建、杨凝等人的诗看,玉蕊花洁白如玉,竟然令天上的仙女羡慕不已,趁着夜色循香降临唐昌观。结果仙女看到的竟然是满地琼瑶似的花瓣,仿佛细碎的月光。武元衡也相信这个神话传说:"琪树芊芊玉蕊新,洞宫长闭彩霞春。日暮落英铺地雪,献花应过九天人。"元稹《和严给事闻唐昌观玉蕊花下有游仙》认为夜间降临唐昌观看玉蕊花的是升入仙界的弄玉:"弄玉潜过玉树时,不教青鸟出花枝。的应未有诸人觉,只是严郎卜得知。"在元稹看来,世上诸人根本不可能知道弄玉来看花,只有严郎能卜出仙女什么时候来。这里的严郎一语双关:既指道家传说中的卖卜方士严君平,又指第一个写玉蕊花下有游仙的严给事。言外之意很明显:至于有没有仙女来,你严给事心里明白。别人都写仙女夜间来看花,唯独刘禹锡写的是白天:"玉女来看玉蕊花,异香先引七香车。攀枝弄雪时回顾,惊怪人间日易斜。"玉蕊花不只是唐昌观有,大明宫翰林院也有。李德裕在扬州任职时就写了《招隐山观玉蕊树戏书即事奉寄江西沈大夫阁老》:"玉蕊天中树,金闺昔共窥。落英闲舞雪,密叶乍低帷。旧赏烟霄远,前欢岁月移。今来想颜色,还似忆琼枝。"

唐昌观玉蕊花①

王 建

一树茏葱玉刻成②,飘廊点地色轻轻。
女冠夜觅香来处③,唯见阶前碎月明④。

注:

① 唐昌观:唐昌观在安业坊。其坊址在今西安市含光路与朱雀大街省体育场对面一带。唐玄宗的妹妹郯国公主宅园在此坊。玉蕊花:唐代名花。后人说法不一,有人认为是琼花,有人认为是白檀花。日本学者则认为是金刀木花。

② 玉刻成:玉蕊花花蕊洁白如玉,故云。

③ "女冠"句:传说有女冠装扮的仙女趁着夜色到唐昌观看玉蕊花。所以杨凝《唐昌观玉蕊》诗说:"瑶华琼蕊种何年,萧史秦嬴向紫烟。时控彩鸾过旧邸,摘花持献玉皇前。"

④ 阶前碎月:指飘落阶前的玉蕊花瓣。

琼花

池苑篇

中国最早的园林在古都西安。西安市长安区灵沼街道的"灵囿"就是周文王时的"天子园林"。

汉武帝修建上林苑,开创了中华皇家园林文化的先河。它坐落在长安城南,终南山北麓;东起蓝田,西至周至,方圆数百里。上林苑中又修建有长杨宫,构成"园中园"的格局。司马相如的《上林赋》是中华园林史上写皇家园林的第一篇大赋。它虽然描写的是上林苑的雄奇壮美,却彰显了汉王朝国力的强盛。人们常说的"八水绕长安"就出自这篇大赋。

随着社会的发展,园林成为中国山水文化的重要组成部分。园林别业则是皇家园林文化向民间的延伸和发展。它把人与自然的和谐关系上升到艺术审美的高度,从而使山水文化成为中国传统文化中历久弥新的人文精神的载体。

唐代长安的园林别业主要集中在长安城南、樊川、韦曲、杜曲、终南山北麓以及灞上、蓝田等地。以皇家园林著称于后世的则有曲江池与芙蓉苑。而长安城西南的昆明池、渼陂湖则是文人士子的游乐天地。可以说,以长安为中心的园林别业既藉帝都之天时,又得关中山川形胜之地利。古都长安的这一文化优势让人羡慕不已。北宋的张舜民就曾对关中一带"泉石占胜,布满川陆"的人文佳境赞不绝口!

在古都西安,不管是皇家的苑囿,还是文人隐士的别业以及客观的自然山水,在历代文人笔下都呈现出不同的时代风貌。透过这些作品,我们可以感受到盛世山水文化带给人们的怡悦,也可以感受到时移代变的沧桑。西安的人文底蕴在这类诗歌中得到了充分的体现!

曲江遗址一隅

【诵读导语】

唐代长安城东南的曲江池及其中的芙蓉苑是著名的游览胜地和皇家园林,被刘禹锡称为"一代繁华地"。官员和文人士子可以游览曲江池。芙蓉苑则是皇家御园,仅供皇帝、后妃以及近臣游赏。要进入芙蓉苑,须得到皇帝的批准。杜甫的这首《丽人行》既写了阳春三月曲江池的繁华景象,又写了皇亲国戚的奢侈游宴。从诗中的"椒房亲"是"虢国夫人"与"秦国夫人",以及宰相"炙手可热",可以断定这首诗写于天宝十一载杨国忠任宰相后的第二年即天宝十二载的上巳节。这也是唐王朝大动乱前夕的回光返照。

丽人行

杜 甫

三月三日天气新①,长安水边多丽人②。
态浓意远淑且真③,肌理细腻骨肉匀。
绣罗衣裳照暮春,蹙金孔雀银麒麟④。
头上何所有?翠微𡚁叶垂鬓唇⑤。
背后何所见?珠压腰衱稳称身⑥。
就中云幕椒房亲⑦,赐名大国虢与秦。
紫驼之峰出翠釜,水晶之盘行素鳞。
犀箸厌饫久未下⑧,鸾刀缕切空纷纶。
黄门飞鞚不动尘⑨,御厨络绎送八珍。
箫鼓哀吟感鬼神,宾从杂遝实要津。
后来鞍马何逡巡⑩?当轩下马入锦茵⑪。
杨花雪落覆白蘋⑫,青鸟飞去衔红巾。
炙手可热势绝伦,慎莫近前丞相嗔。

注:
① 三月三日:即上巳节。
② 水边:指唐长安城东南的曲江池、芙蓉苑。
③ 淑且真:美丽而又自然大方。
④ "绣罗"二句:意思是绫罗做的衣服上有用金银线绣的孔雀、麒麟图案,在春日的阳光下熠熠生辉。
⑤ 翠微𡚁(è)叶:用翠玉制成的发髻上的花饰。鬓唇:鬓边。
⑥ 珠压腰衱(jié):衣服的后摆缀有珠,使其下垂。此句以点概面,写丽人们服饰之华贵。
⑦ 就中:其中。椒房亲:即皇亲。汉代,皇帝后宫的房子墙壁用花椒和泥涂抹,取其温暖、芳香、多子。故称皇亲为椒房亲。此指杨贵妃的三个姐姐。
⑧ 犀箸:犀牛角制的筷子。厌饫(yù):吃饱喝足。
⑨ 黄门:宦官。
⑩ 后来鞍马:指杨国忠,即后面所说的丞相。何:多么。逡巡:形容扬扬得意。
⑪ 锦茵:用锦缎做的地毯或坐垫。
⑫ "杨花"句:暗指杨氏兄妹关系暧昧。

【诵读导语】

杜甫是第一个写安史之乱后曲江景象的诗人。这两首诗写于唐王朝收复京城长安后的第二年春天。当时,杜甫在朝廷任左拾遗。此前,由于他在房琯事件中得罪了唐肃宗,所以,在朝中处境不好,心情郁闷。为了消遣,他经常到城南曲江池散心。这两首"伤春"诗,实际上充满了仕途失意的苦闷,所以才有了淡泊浮名、及时行乐的情绪。诗中有一点值得注意,那就是杜甫虽然在朝担任左拾遗,但他缺钱,所以时常在酒家赊账。欠账太多了,就把自己的衣服送到当铺,换些钱买酒喝。由此可见安史之乱给当时社会所造成的破坏是很严重的。

曲江二首

杜 甫

一片花飞减却春,风飘万点正愁人①。
且看欲尽花经眼②,莫厌伤多酒入唇③。
江上小堂巢翡翠,苑边高冢卧麒麟④。
细推物理须行乐⑤,何用浮名绊此身。

朝回日日典春衣⑥,每日江头尽醉归。
酒债寻常行处有,人生七十古来稀。
穿花蛱蝶深深见,点水蜻蜓款款飞。
传语风光共流转,暂时相赏莫相违⑦。

曲江春游

注:
① "一片"二句:此二句意为一瓣花落已经预示着春天开始消失,更何况现在是遍地落花。一片:即一瓣。风飘万点:指遍地落花。
② "且看"句:意思是自己亲眼看着开放的花现在快凋谢完了。"且看欲尽花"即"且看花欲尽"。
③ "莫厌"句:不要嫌酒喝多了会伤人。言外之意是要开怀畅饮。
④ "江上"二句:写曲江池及芙蓉苑遭受安史叛军破坏后的荒凉景象。巢翡翠:翠鸟在小堂筑巢。苑:芙蓉苑。冢:坟墓。今曲江池西有庙坡头村,当是当年豪贵人家的墓地。麒麟:古时墓前的石刻瑞兽。
⑤ 物理:事物变化的规律。
⑥ 典春衣:把春衣典当了。
⑦ "传语"二句:意思是我想对春光说:请你不要匆匆离去,暂时和我做伴。但愿春光不要违背我的请求。

秋兴八首之七

杜甫

昆明池水汉时功,武帝旌旗在眼中①。
织女机丝虚夜月②,石鲸鳞甲动秋风③。
波漂菰米沉云黑④,露冷莲房坠粉红⑤。
关塞极天唯鸟道,江湖满地一渔翁⑥。

【诵读导语】

唐人写昆明池之作,以杜甫的这首诗最为有名。作者以昆明池为载体,借汉武帝怀念开元天宝盛世。而当这种盛世成为历史记忆时,出现在作者笔下的昆明池就蒙上了一层人世沧桑的尘埃。杜甫正是通过这种描写,寄托了他对盛唐的怀恋。早在杜甫之前,北周时的庾信也有好几首写昆明池的诗,其中一首写昆明池秋景:"密菱障浴鸟,高荷没钓船。碎珠萦断菊,残丝绕折莲。"也是通过残破景象抒发胸臆。庾信滞留于北方,所以借游昆明池抒发故国之思。他在写给侃法师的诗中说:"秦关望楚路,灞岸想江潭。几人应落泪,看君马向南。"可以看出,他的诗风已经不像他在南朝时那样绮靡,这就是杜甫说的"清新庾开府"。而杜甫的这首诗则以"沉雄"著称。"波漂"二句,被誉为"函盖乾坤句"。杨慎则说"织女"一联"荒烟野草之悲,见于言外"。

注:
① 昆明池:在长安城西南。据说汉武帝为了训练水军而开凿此湖。昆明池周回四十里,唐时成为游览胜地。
② 织女:昆明池西岸有织女石雕,东岸有牛郎石雕,用以象征池之广袤无涯,犹如银河。
③ 石鲸:昆明池中有石雕大鲸,以象征大海。
④ 菰(gū):茭白。其籽黑,逢秋而落于水面,望之如黑云沉湖。
⑤ "露冷"句:写秋天荷花凋谢。
⑥ "关塞"二句:写自己流落在夔州,遥望长安,重重关塞阻隔归路,只好继续漂泊于江湖之上。

昆明池

秋兴八首之八

杜甫

昆吾御宿自逶迤①,紫阁峰阴入渼陂②。
香稻啄余鹦鹉粒,碧梧栖老凤凰枝③。
佳人拾翠春相问④,仙侣同舟晚更移⑤。
彩笔昔曾干气象⑥,白头吟望苦低垂。

【诵读导语】

这是杜甫的组诗《秋兴八首》的第八首,是他晚年在夔州回忆自己在长安时与朋友在春天郊游览胜之作。诗以渼陂为中心,先写渼陂的奇妙景象,再写渼陂物产之丰富。"香稻"一联,是杜诗工于修辞的名联。它本来的意思是:鹦鹉啄香稻余粒,凤凰栖碧梧老枝。但诗人将词序予以调整,前一句从嗅觉的角度突出香稻,后一句从色彩的角度突出碧梧,化平淡为神奇。唐朝时,长安城南以及鄠、杜等地种植水稻。晚唐韦庄在《鄠杜旧居二首》之一也说"秋雨几家红稻熟"。红稻是一种红香米,所以杜甫诗说"香稻啄余鹦鹉粒",是写实,而不仅仅是出于对仗的需要。"佳人"一联,人、我合写。用佳人拾翠为春天增添活力,用仙侣流连忘返来写春景迷人的魅力。而尾联一扬一抑,为他的人生画了一个痛苦的句号。"彩笔昔曾干气象"一句,回忆自己献《三大礼赋》的情景:"忆献三赋蓬莱宫,自怪一日声辉赫。集贤学士如堵墙,观我落笔中书堂。往时文彩动人主,此日饥寒趋路旁。"(《莫相疑行》)

注:
① 昆吾御宿:指昆吾川和御宿川,均在长安城南沿终南山向西的汉代上林苑中。
逶迤:蜿蜒曲折。
② 紫阁峰阴:紫阁峰的北面。
③ "香稻"二句:写渼陂湖一带风物之美。
④ 佳人拾翠:唐代女子在初春有到郊外采集芳草的爱好。
⑤ 仙侣同舟:指和他一起泛舟渼陂的朋友,如岑参兄弟等。
⑥ "彩笔"句:写自己当年在京城长安写出过气势宏大的华章。

紫阁峰

陪崔大尚书及诸阁老宴杏园①

刘禹锡

更将何面上春台②,百事无成老又催。
唯有落花无俗态③,不嫌憔悴满头来。

注:
① 阁老:唐人对尚书省或中书、门下二省同僚的敬称。
② "更将"句:意思是我有什么面子参加这样的宴会。
③ 俗态:即趋炎附势之态。

【诵读导语】

刘禹锡虽然仕途坎坷,但他却从不向豪门权贵俯首帖耳。就像这首诗,他是陪同当时的兵部尚书崔群参加在杏园举行的宴会。唐代尚书的品级是正三品。按照当时的官场习俗,像他这样一位职位比较低的主客郎中在宴会上会对这样的高官说些恭维的话,可他偏偏写自己年纪老大、"百事无成"。而且有些趋炎附势者还瞧不起他。但是,世上也有"无俗态"的,那就是杏园的落花!它们不嫌弃诗人,纷纷飘落到诗人的头上。一首绝句,写出了世态炎凉,而诗人的豪爽也是可想而知的。

春景

杏 园

元 稹

浩浩长安车马尘,狂风吹送每年春①。
门前本是虚空界②,何事栽花误世人③?

【诵读导语】

曲江池西畔的杏园是唐代长安人赏春时必去的地方。北边大慈恩寺正对着杏园。而且,杏园也是每年新科进士举行宴会的风景园林。对于这些,元稹应该是心知肚明的。可是,他却根本不写及这些,而是把杏园和佛门联系起来,责怪杏园不该栽这么多的花,结果把附近本该清净虚空的佛门弄得红尘滚滚,打破了佛门清净。像这样的立意,在唐人诗歌中是很少见的。但与此相矛盾的是,元稹却有一首《伴僧行》:"春来求事百无成,因向愁中识道情。花满杏园千万树,几人能伴老僧行?"他为了消除心中的愁闷,就到慈恩寺去找他熟识的老僧,和老僧一起到杏园散步,并聆听老僧给他讲解排除郁闷的禅机。

注:
① "浩浩"二句:意思是长安城内车马奔驰所掀起的灰尘送走每年的春天。
② 门前:指杏园的大门前。虚空界:佛教语,意谓眼前所见乃大空。此指大慈恩寺。
③ 误:误导。

杏园盛宴

漾陂晚望

司马扎

远客家水国①,来此如到乡②。
何人垂白发,一叶钓残阳③。
柳暗鸟乍起,渚深兰自芳。
因知帝城下④,有路向沧浪⑤。

注:
① 远客:作者自称。从"家水国"看,他是南方人。家:住。
② 如到乡:好像回到了故乡。
③ 一叶:即一叶扁舟。
④ 帝城:即帝都,指长安城。
⑤ 沧浪:指隐士所居的地方。

【诵读导语】

盛唐时期,长安城郊的渼陂湖是官员以及文士们休闲娱乐的地方。这时候写渼陂的诗都流露出诗人的愉悦之情。但是,到了中晚唐时,渼陂湖上的游客已经失去了欢快与惬意。司马扎主要活动在唐宣宗朝。他科场失意,屡试不第,落拓终生。所以,当他泛舟渼陂时,就不自觉地产生了隐逸的念头。到了唐末,文人墨客连此念头都淡化了,他们笔下的渼陂已经毫无生机可言。如郑谷在《渼陂》诗中就说:"昔事东流共不回,春深独向渼陂来。乱前别业依稀在,雨里繁花寂寞开。却展渔丝无野艇,旧题诗句没苍苔。潸然四顾难消遣,只有伴狂泥酒杯。"韦庄的感受更其悲凉:"三径荒凉迷竹树,四邻凋谢变桑田。渼陂可是当年事,紫阁空余旧日烟。"已经看不到盛唐时"紫阁峰阴入渼陂"和"船行水底天"的奇妙景象了。

渼陂湖晚霞

曲江二首（选一）

李山甫

南山低对紫云楼①，翠影红阴瑞气浮。
一种是春长富贵②，大都为水也风流③。
争攀柳带千千手，间插花枝万万头。
独向江边最惆怅，满衣尘土避王侯④。

【诵读导语】

李山甫是唐末人。咸通年间，屡试不第。一个仕途失意的人，面对游乐胜地曲江，也是一肚子的不愉快。"一种是春长富贵，大都为水也风流"，就蕴含着一种苦涩的骚雅之趣：同样是春天，曲江的春天充满了富贵气息；同样都是水，曲江的水却是风流水！言外之意是自己既不富贵，也不风流。所以，他在曲江池边游览的时候，不仅心情惆怅，而且还时不时地要给那些达官贵人让路。不过，第二首就不写自己了，而是专门写那些"贵游"："江山沉天万草齐，暖烟晴霭自相迷。蜂怜杏蕊细香落，莺坠柳条浓翠低。千队国娥轻似雪，一群公子醉如泥。斜阳怪得长安动，陌上分飞万马蹄。"作者的失意和公子们的醉生梦死构成了晚唐社会的畸形现实。

注：
① "南山"句：写紫云楼高耸入云，终南山在它面前都显得很低。紫云楼在芙蓉苑中，是芙蓉苑的主体建筑。
② 一种是春：同样是春天。长富贵：意谓芙蓉苑的春天是富贵人的春天。
③ 大都：大体上说。
④ 满衣尘土：写自己风尘仆仆奔波了仕途。

芙蓉苑紫云楼（原址重建）

【诵读导语】

唐朝末年,曲江已经开始败落,但每年春天仍然是游人不绝。我们无法确定这首诗的写作时间,但秦韬玉在唐僖宗奔蜀逃难时能积极追随,被皇帝特赐进士及第,最后官至工部侍郎,也算是满足了他晋身仕途、"好共东风作主人"的愿望。他尽管热衷于仕进,但对下层民众还是比较关心的。他最有名的诗就是那首《贫女》:"蓬门未识绮罗香,拟托良媒益自伤。谁爱风流高格调,共怜时世俭梳妆。敢将十指夸偏巧,不把双眉斗画长。苦恨年年压金线,为他人作嫁衣裳。"尽管有人说这是作者托贫女以自况,但他毕竟写出了当时社会埋没人才的现实。

曲 江

秦韬玉

曲沼深塘跃锦鳞,槐烟径里碧波新。
此中境既无佳境,他处春应不是春①。
金榜真仙开乐席②,银鞍公子醉花尘③。
明年二月重来看,好共东风作主人④。

注:
① "此中"二句:意思是如果曲江不算人间佳境的话,那么别处的春天就不是春了。说得通俗一点,那就是"曲江烟水甲天下"。
② 金榜:指进士及第的榜。据说名单是用泥金书写的,故曰"金榜题名"。真仙:考取进士的人。开乐席:指在杏园举行宴会。
③ "银鞍"句:写贵胄子弟烂醉花间。
④ "明年"二句:这是作者下第后游曲江时写的,"明年二月重来"表明他不甘人后、积极上进的心态,"好共东风作主人"的意思是自己明年一定会金榜题名。

曲江早春

乱后曲江[1]

王 驾

忆昔曾游曲水滨，未春长有探春人。
游春人尽空池在，直至春深不似春。

注：
[1] 乱：当指唐僖宗广明元年黄巢攻陷长安。

【诵读导语】

王驾是河东河中（今山西永济）人。黄巢起义军攻入长安后，对长安城进行大肆破坏，以发泄对唐王朝的不满。就像韦庄在《秦妇吟》中所写的"长安寂寂今何有？废市荒街麦苗秀。采樵斫尽杏园花，修寨诛残御沟柳"，甚至于"内府烧为锦绣灰，天街踏尽公卿骨"，可见破坏之严重。王驾的这首诗前两句写昔日曲江池的胜景：还没有到春天，就有人急不可耐地到曲江寻春。后两句归到今日曲江：虽然是春暖花开时节，可是几乎看不到游人。早年人们是"探春"，乱后是"春深不似春"！在今昔对比中凸显曲江池的荒落。

曲江遗址 （日）足立喜六 摄

寺观篇

古都西安是中国宗教文化的重要发源地。

老子入关后，在终南山楼观台设坛讲经。楼观台就成为中国道家思想的策源地和道教文化的开山祖庭。佛教于西汉末年传入东土，后秦姚兴时，鸠摩罗什在终南山下姚兴的逍遥园译经，长安成为佛教文化圣地。唐王朝实行文化思想开放政策，佛教得以迅速发展，先后出现了法门寺、大慈恩寺、兴教寺、香积寺、大兴善寺、青龙寺、华严寺、牛头寺、丰德寺等著名佛教寺院。据有关文献的不完全统计，唐朝时，长安城内有佛寺110座，道观60余座。宗教文化的繁荣，给唐代诗歌的发展提供了新的艺术思维领域。

唐代诗人中，不接触佛门和道观的人很少。对宗教文化的认同心理使得他们可以暂时获得心灵的慰藉。即便是那些汲汲于名利的士人，在佛寺或道观中也会变得超凡脱俗。因此，唐人把游览寺观看作是一种文化人格上的时髦。因为他们有时候也喜欢佛门的静寂或道家的超脱，如开元名相张九龄游览青龙寺时，就写下了"奋翼笼中鸟，归心海上鸥"这样的诗句。大历诗人钱起在仕途受挫时，也到青龙寺散心，不过他并没有遁入空门，而是 "遥望青云丞相府，何时开阁引书生"。韩愈反对唐宪宗把法门寺的佛骨迎入皇宫供奉，可是在日常生活中韩愈却经常光顾佛寺，并且留有诗作。笃信佛教的王维有时会在诗中说一些与宗教有关的行话："山河天眼里，世界法身中。"另外，有些家境贫寒的举子，在准备进士考试期间，多寄身寺院温习功课。诗人郑虔的诗、书、画被唐玄宗誉为"三绝"，而他的书画功底就是在大慈恩寺里用柿树叶练成的。

对文人来说，对宗教的趋慕有时候可以起到净化心灵的作用，就像苏辙说的："多病则与学道者宜，多难则与学禅者宜。"通过这类诗，我们可以看到唐代诗人人格的另一面。

同诸公登慈恩寺塔①

杜 甫

高标跨苍穹②,烈风无时休。
自非旷士怀③,登兹翻百忧。
方知象教力④,足可追冥搜。
仰穿龙蛇窟,始出枝撑幽。
七星在北户,河汉声西流⑤。
羲和鞭白日,少昊行清秋⑥。
秦山忽破碎,泾渭不可求。
俯视但一气,焉能辨皇州?
回首叫虞舜,苍梧云正愁。
惜哉瑶池饮,日晏昆仑丘⑦。
黄鹄去不息,哀鸣何所投?
君看随阳雁,各有稻粱谋。

【诵读导语】

唐人登临慈恩寺塔的诗不少。但是,作"气象语"(写景)者多,作"性情语"(抒怀)者少。和杜甫一起登塔的高适、岑参、储光羲等人的作品不能说没有一点儿"性情语",但和杜甫相比,终觉稍逊一筹。这不但是艺术功力的差距,更显出人生抱负的差异。所以,程千帆就说:他们都登上了慈恩寺塔的最高层,但却站在不同的历史高度。在五个人中,杜甫的这首诗被称为"雄浑悲壮,凌跨百代"的杰作。原因是他具有纵观今古、俯瞰天下的广阔襟怀。比如,同样是对时局有所忧虑,岑参的态度是"誓将挂冠去,觉道资无穷",杜甫则是"回首叫虞舜,苍梧云正愁"!率意的退避和沉重的人生执着显示了二人不同的胸襟抱负。

注:
① 诸公:指高适、岑参、储光羲、薛据。
  慈恩寺:唐高宗为太子时为追怀其母文德皇后所建造的寺院。其塔相传为玄奘所建。
② 高标:指慈恩寺塔,即今大雁塔。
③ 旷士:襟怀超脱的人。
④ 象教:佛教。
⑤ "七星"二句:意思是登上慈恩寺塔,北斗七星就在北窗外,从西窗可以听见银河流淌的声音。西流:指节令到了秋天。
⑥ "羲和"二句:神话传说中,羲和是给太阳赶车的神,少昊是司秋之神。
⑦ "惜哉"二句:用西王母宴请周穆王影射唐玄宗和杨贵妃在骊山温泉宫饮宴。

大雁塔

题荐福寺衡岳暕师房①

韩翃

春城乞食还②,高论此中闲。
僧腊阶前树③,禅心江上山。
疏帘看雪卷,深户映花关。
晚送门人去,钟声杳霭间。

【诵读导语】

这是一首颇带禅意的诗。它不粘滞于物,而是追求象外之趣,色外之艳。如第二联"僧腊阶前树,禅心江上山",情外有情,景外有景,只可静思,难以言传。而"疏帘看雪卷,深户映花关",恰如其分地暗合了"高论此中闲"的"闲"字。读之令人神超物外。

注:
① 荐福寺:在长安城安仁坊。今小雁塔为荐福寺的塔院,寺院在其北面。
② 春城:长安城。乞食:僧人出外化缘。还:回到寺院。
③ "僧腊"句:僧人之年称腊。意思是暕师为僧岁月很久。

荐福寺塔院

王起居独游青龙寺玩红叶因寄①

羊士谔

十亩苍苔绕画廊，几株红树过青霜②。
高情还似看花去，闲对南山步夕阳③。

注：
① 青龙寺：在长安城东南方乐游原上。
② 青霜：即秋霜。传说司霜的女神名青女，故称霜为青霜。
③ 南山：指终南山。

【诵读导语】

羊士谔主要活动在唐宪宗元和时期。青龙寺由于地势高旷，成为文人墨客登临休闲之地。中唐诗人刘得仁说："乐游原上望，望尽帝都春。始觉繁华地，应无不醉人。"王维、王昌龄、白居易、杜牧、李商隐等人都曾登临赋诗。张祜《题青龙寺》："二十年沉沧海间，一游京国也应闲。人人尽到求名处，独向青龙寺看山。"而羊士谔的这首诗将景语与情语结合，描写了青龙寺的秋景。苍苔，红树，色彩鲜明。作者把王起居赏红树写作"还似看花"，以显示其情致之高。青龙寺的红叶很有名。朱庆馀在《题青龙寺》中就说："青山当佛阁，红叶满僧廊。"而本诗结尾的"闲对南山步夕阳"，正回应了前句的"高情"二字。

青龙寺一角

【诵读导语】

空海，日本僧人。唐德宗贞元二十年（804），随日本遣唐使到长安。起初，居西明寺，后到青龙寺拜佛教密宗七世祖惠果为师，研习密宗。惠果收其为徒，并授予法号"遍照金刚"。唐宪宗元和元年（806），在惠果圆寂后的第二年，空海尊师命返回日本，成为日本东密的开山祖师。这首诗是他临行前写给义操禅师的，表达了作者与义操禅师之间的深厚友谊，是中日文化交流史上广为流传的一段佳话。在空海求学期间，有个兴平人名叫马总，到青龙寺游览，与空海相谈甚欢，并赠诗说："何乃万里来，可非衔其才。增学助元机，土人如子稀。"

留别青龙寺义操阿阇梨①

空　海

同法同门喜遇深②，游空白雾忽归岑。
一生一别难再见，非梦思中数数寻③。

注：
① 义操：青龙寺惠果大师的弟子，与空海同时受业于惠果大师。王维、裴迪称其为"操禅师"。阿阇（shé）梨：对导师的敬称。
② "同法"句：意思是他和义操禅师都受教于惠果大师，学习佛教密宗。
③ 数（shuò）数：屡次。

空海纪念碑

同题仙游观[①]

韩翃

仙台下见五城楼[②],风物凄凄宿雨收。
山色遥连秦树晚,砧声近报汉宫秋。
疏松影落空坛静,细草香闲小洞幽。
何用别寻方外去,人间亦自有丹丘[③]。

【诵读导语】

这首诗,通体俱佳。首句领起全篇。颔联妙在"遥连""近报",写足仙游观四外景致。颈联"疏松影落空坛静,细草香闲小洞幽",被人誉为胜似一部《道经》的名联,充满了玄虚静谧的色彩。结尾一收,赞美仙游观乃人间仙境。在唐人题咏仙游观的诗中,此诗堪为上乘之作。

注:
① 仙游观:因诗中所写全是道家情事,疑即楼观台。
② 仙台:当指说经台。五城楼:即五城十二楼,语出《史记·孝武本纪》,指海上神仙府第。诗中指京城长安。
③ 丹丘:海外神仙所居之地。那里没有黑夜。

楼观台

题石瓮寺

范 朝

胜境宜长望①,迟春好散愁②。
关连四塞起③,河带八川流④。
复磴承香阁⑤,重岩映彩楼。
为临温液近⑥,偏美圣君游⑦。

【诵读导语】

石瓮寺在华清宫东面的山上。山上飞流而下的瀑布把山谷中的一块巨石冲击成瓮状,故称其谷为石瓮谷,寺为石瓮寺。因其紧邻华清宫,所以该寺成为开元时期著名寺院。唐玄宗的题诗和王维的山水壁画更提升了该寺的文化品位。作者范朝是开元时人。诗的首联写自己到石瓮寺游览。散愁是一方面,更吸引他的是石瓮寺的胜境。接下来四句写石瓮寺的胜境之美。观四塞,眺八川,复磴、重岩衬托出石瓮寺的险峻。尾联赞美圣君游览石瓮寺,但却没有谀美之嫌。

注:
① 宜:适合。
② 迟春:春天慢慢地来了。
③ 关:关隘。四塞:指函谷关、武关、萧关、散关。
④ 河:黄河。八川:环绕长安的八水。
⑤ 磴:上山的石台阶。承:托起。
⑥ 临:临近。温液:指骊山温泉,即华清宫。
⑦ 圣君:指唐玄宗。唐玄宗曾游览过石瓮寺。

石瓮寺

夜投丰德寺谒液上人①

卢 纶

半夜中峰有磬声,偶逢樵者问山名。
上方月晓闻僧语②,下路林疏见客行。
野鹤巢边松最老,毒龙潜处水偏清。
愿得远公知姓字③,焚香洗钵过浮生。

【诵读导语】

唐玄宗天宝年间,卢纶因屡试不第,久困长安,时时往来于周至旧居和终南别业。此诗为诗人夜间投宿丰德寺而作。前四句写夜投丰德寺,后四句写拜谒液上人。"上方"两句,写山寺之高,措意深密,与苏颋诗以"宫中下见南山尽,城上平临北斗悬"写长安城阙之高,如出一辙。后来的元稹也有相似之句:"星河似向檐前落,鼓角惊从地底回。"值得玩味。本诗结尾说自己愿意"焚香洗钵过浮生",是诗人在仕途屡屡受挫后彷徨心态的反映。此后不久,安史之乱爆发,诗人也就为避难而离开长安。

注:
① 丰德寺:在今西安市长安区沣峪口东半山腰。该寺始建于唐高宗永徽年间,为佛教律宗古刹。著名高僧道宣曾在此宣讲律学。
② 上方:即天上。
③ 远公:晋朝庐山东林寺高僧惠远人称远公。诗中代指液上人。

丰德寺山门

寻西明寺僧不在①

元 稹

春来日日到西林②,飞锡经行不可寻③。
莲池旧是无波水④,莫逐狂风起浪心。

注:
① 西明寺:在长安城延康坊,即今白庙村一带。原为隋朝杨素住宅。入唐后为唐太宗的儿子魏王泰宅。泰死,立为寺。
② 西林:佛寺名,在庐山西麓。晋代僧人慧永建。后泛指佛寺。
③ 飞锡:佛教语。僧人外出,常持锡杖。故称僧人外出云游为飞锡。
④ 旧是:本应是。

【诵读导语】

元稹在长安时,喜欢去两个地方,一个是杏园,一个是西明寺。西明寺是长安城内比较有名的寺院。这座寺院,春有牡丹,夏有荷花,风景优美。据说鉴真东渡日本时曾随身带有一幅西明寺图。他到奈良后,按照西明寺的建筑式样修建了唐招提寺。元稹游佛寺,很少涉及佛理禅趣。比如他的《西明寺牡丹》:"花向琉璃地上生,光风炫转紫云英。自从天女盘中见,直至今朝眼更明。""天女散花"的典故在诗中并不代表佛力无边,而是赞美西明寺的牡丹艳丽无比。这首《寻西明寺僧不在》,甚至对寺僧有点不恭。他说,作为僧人,可以出去云游四方,但是要能抵御红尘的干扰,"莫逐狂风起浪心"!可以看出,他和这位僧人关系很好,所以才会开这样的玩笑。

宿翠微寺

马 戴

处处松阴满,樵开一径通①。
鸟归云壑静,僧语石楼空。
积翠含微月,遥泉韵细风。
经行心不厌②,忆在故山中。

注:
①"樵开"句:意思是翠微寺森林茂密,只有樵夫踩出的小路。
② 不厌:不满足。

【诵读导语】

晚唐的马戴,被清代的叶矫然誉为"盛唐之摩诘也"。唐代诗人攀上翠微寺的不多。他的这首诗确实和王维的辋川诗中的兴致相差无几。而"鸟归云壑静,僧语石楼空"一联,和他的诗友贾岛的"鸟宿池边树,僧敲月下门"有异曲同工之妙。明朝的杨慎曾说:"'积霭沉斜月,孤灯照落泉',喻凫诗也。'积翠含微月,遥泉韵细风',马戴诗也。"二诗幽思同而句法亦相似。叶矫然谓:"苏州之'楚钟春雨细,宫树野烟和'……襄阳之'微云淡河汉,疏雨滴梧桐'也,(与马戴诗)岂复有人代之隔哉?"所引诗句,都以清幽为特点。

幸华严寺[1]

唐宣宗

云散晴山几万重[2],烟收春色更冲融[3]。
帐殿出空登碧汉,滻川俯望色蓝笼[4]。
林光入户低韶景,岭气通霄展霁风。
今日追游何所似？莫惭汉武赏汾中[5]。

【诵读导语】

华严寺在长安城南韦曲与杜曲之间的少陵原畔,是佛教华严宗的著名寺院。在唐代帝王中,唐宣宗的诗写得比较好。比如《吊白居易》,用四句诗对白居易的人格与诗风做了很精到的评价："浮云不系名居易,造化无为字乐天。童子解吟长恨曲,胡儿能歌琵琶篇。"他和香严闲禅师有一首联句诗："千岩万壑不辞劳,远看方知出处高。溪涧岂能留得住,终归大海作波涛。"前两句是禅师写的,后两句是唐宣宗接续的。禅师从"出处高"评说溪流,强调了地位的重要性；唐宣宗却从追求远大目标的角度赞美溪涧不安于现状、奔向大海的志向,具有很强的震撼力。这首《幸华严寺》,摆脱了见佛礼佛、逢道尊道的传统写法,描绘了华严寺的自然风光。诗的结尾把自己登临华严寺的感受同汉武帝泛舟汾河相比,似有舍熊掌而取鱼之嫌。

注：
① 华严寺：在今西安市长安区韦曲东南、少陵原畔。居高临下,俯瞰樊川。为唐长安城南樊川八大寺院之一。
② 晴山：指雨后的终南山。
③ 冲融：即融和。
④ 滻川：指流经樊川的滻水。
⑤ 汉武赏汾中：元鼎四年（前113）,汉武帝到河东汾阴祭祀后土,然后在汾河泛舟,并作了著名的《秋风辞》。

华严寺

楼 观[1]

苏 轼

鸟噪猿呼昼闭门,寂寥谁识古皇尊[2]。
青牛久已辞辕轭[3],白鹤时来访子孙[4]。
山近朔风吹积雪,天寒落日淡孤村。
道人应怪游人众,汲尽阶前井水浑。

【诵读导语】

苏轼任凤翔府签判时,曾遍游终南山名胜古迹。苏轼游楼观台时,宋太宗在楼观台附近所建的上清太平宫已竣工多年。所以,时有游人信众来此游瞻。苏轼在唐宋八大家中是唯一一位把儒、道、佛均融入自己文化人格的作家。为了学习道家文化,他在楼观台附近的太平宫还住了一段时间。在读了一些道家经典后,他写了一首《读道藏》,其中谈到自己的感悟:"至人悟一言,道集由中虚。心闲反自照,皎皎入芙蕖。"意思是说:一个人只要时时反观自我,那么,他的心灵就会像出淤泥而不染的荷花那样纯洁。他有一首《留题仙游潭中兴寺》:"清潭百尺皎无泥,山木阴阴谷鸟啼。蜀客曾游明月峡,秦人今在武陵溪。独攀书室窥岩窦,还访仙姝款石闺。犹有爱山心未至,不将双脚踏飞梯。"景色恍如世外仙境。他的诗文,既有庄子的自我张扬,又有老子的心平气和。这和他在楼观台修道有直接关系。

注:

① 楼观:即楼观台。
② 古皇:指老子,唐朝尊其为玄元皇帝。
③ "青牛"句:意思是老子骑青牛西入函谷关,而他久已成仙,青牛也已经很长时间没有拉车了。轭:牛马等牲畜拉东西时套在脖子上的护具。
④ "白鹤"句:用汉代丁令威化鹤升仙的故事。意思是楼观台的白鹤恐怕是丁令威的后裔。意谓岁月流逝,时移代变。

楼观台山门

说经台[①]

何景明

西海何年去[②],南山万古存[③]。
风云留福地,星斗上天门。
有欲谁观妙[④],无为自觉尊[⑤]。
青牛不复返,空诵五千言[⑥]。

【诵读导语】

这首诗以说经台为中心,以简洁的语言阐说道家文化。作者赞誉的是道家思想中的"去欲"和"无为"。所谓"青牛不返",是作者有感于当时道家文化式微的现实而发的慨叹。

注:
① 说经台:道家胜迹,在今周至县楼观台。相传老子曾在此讲授《道德经》。
② 西海:据说老子化胡曾经到过那里。
③ 南山:即终南山。
④ "有欲"句:相传孔子曾向老子问道,老子说:"去子之欲。"意思是不去掉私欲便难观人生妙谛。即私欲太盛,难悟妙道。
⑤ "无为"句:老子主张无为而治。此句意思是不要刻意追求,就已经是最为尊贵的了。
⑥ 五千言:即《道德经》。

楼观台一隅

玄都观桃花

元好问

前度刘郎复阮郎,玄都观里醉红芳[1]。
非关小雨能留客,自是桃花要洗妆。
人世难逢开口笑[2],老夫聊发少年狂[3]。
一杯尽吸东风了,明日新诗满晋阳[4]。

【诵读导语】

元好问是金朝后期著名诗人兼诗论家。金朝灭亡后,他曾漫游关中,和乾县著名学者杨焕然诗酒唱和。这首诗仅有前两句和刘禹锡玄都观诗以及道教有关。道教文化和桃花关系很密切。传说中西王母就曾手植仙桃。汉代阮肇、刘晨入天台山采药时遇见仙女的地方也是在桃花林深处。人们常说的"桃花运"就与此有关。唐诗中常常出现的"桃花源"绝大多数和道家、道教有关。这首诗从第三句起,写诗人自己游玄都观的感受。"非关小雨能留客,自是桃花要洗妆",作者不说自己游玄都观时遇雨,而说"桃花要洗妆",尤觉新意倍出。

注:
① "前度"两句:用刘禹锡《再游玄都观》诗中"种桃道士归何处,前度刘郎今又来"句意。阮郎:即和刘晨同入天台山采药而遇见神仙的阮肇。
② "人世"句:用晚唐诗人杜牧《九日齐山登高》中"尘世难逢开口笑"句意。
③ "老夫"句:出自苏轼《江城子·密州出猎》。
④ 晋阳:今山西太原。元好问是太原忻州人。此句意思是回故乡后,会有新诗回味长安之游。

玄都观

行宫篇

行宫是指京城以外专供帝王驻跸、游憩的宫殿。它的出现可以追溯到近三千年前的周幽王时期，历代帝王相沿成习。以陕西而言，秦始皇、汉武帝以及唐代皇帝的行宫几乎遍布关中各地。

秦汉行宫早已湮灭，而唐王朝的行宫直到现在仍然有"迹"可寻。其中最著名的有"四大行宫"：长安东郊的华清宫、终南山上的翠微宫、铜川凤凰谷的玉华宫、宝鸡麟游的九成宫。这四座行宫中，唯有华清宫是供皇帝避寒的行宫，其余三座都是避暑行宫。

唐王朝的四大行宫都是依山而建，笼山为苑。每座行宫都有其独特的文化蕴涵。九成宫原为隋文帝的仁寿宫，距离京城长安最远。唐太宗于贞观五年重加修葺、扩建，改名九成宫。它的文化价值在于著名书法家欧阳询给后世留下的国宝级的《九成宫醴泉铭碑》。魏徵的《九成宫醴泉铭》也是一篇文辞优美的应制之作。整个唐代，诗人们对这座行宫多是褒扬。到了北宋，游师雄却对唐太宗扩建九成宫以及魏徵文中的溢美之词提出了尖锐批评："孤隋兴筑已劳民，贞观胡为踵后尘？刻石浪夸功业大，魏徵未得号纯臣。"

玉华宫遗址在铜川北边的玉华镇。原是李渊的仁智宫，贞观二十一年，唐太宗颁布《建玉华宫手诏》，对仁智宫进行扩建，作为他的避暑行宫。唐高宗登基不久，改宫为寺，称玉华寺。后玄奘法师在玉华寺译经。玉华宫遗址上的"肃成院"（即行宫的肃成殿）即玄奘译经之所，也是他的圆寂之地。在唐代行宫文化史上，玉华宫成为佛教法相宗祖庭。

翠微宫坐落在终南山中。朝殿名翠微殿，寝殿名含风殿。云霞门为正门，北向开，可以遥望长安。贞观二十三年，唐太宗在此病逝。后来，翠微宫也变成了翠微寺。

华清宫是中国皇家第一行宫。周幽王时，这里便是他的"骊宫"。秦始皇时，改称骊山汤。汉武帝时，又扩建为"离宫"。唐太宗即位后，命阎立德主持修建骊山宫殿。竣工后，唐太宗将其命名为汤泉宫，并亲自撰写了《温泉铭》。唐玄宗于开元六年和天宝十一载又先后两次扩建汤泉宫，并取名华清宫，其寓意为"四海升平，华夏清一"。唐玄宗在位四十五年，竟三十六次驾临华清宫。

尤其值得注意的是：华清宫在唐玄宗开元时代达到了辉煌的顶点，而在唐玄宗天宝末年又急剧地衰落。华清宫既是大唐王朝全盛文化的象征，又是唐王朝由盛转

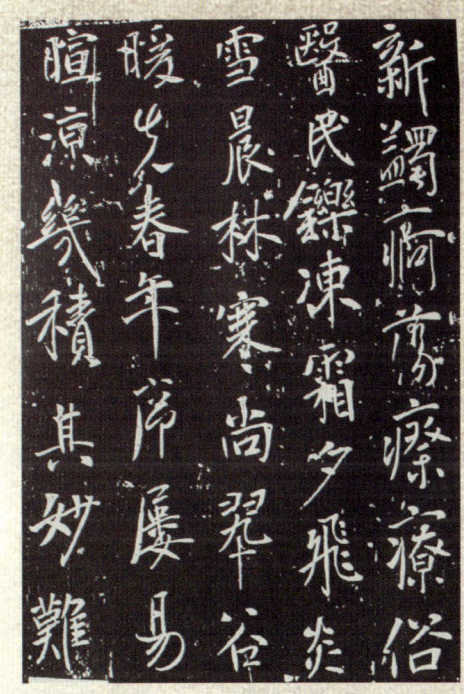

唐太宗书《温泉铭》碑拓片（原件藏法国国家图书馆）

衰的历史见证。所以，它尤其受到历代文人墨客的关注，其付诸歌咏的诗篇数量在四大行宫中居于首位。

在唐代历史上，唐太宗被称为一代英主。由他开创的贞观之治，为唐王朝的发展奠定了文化思想基础。但他也是一位极尽享乐的帝王。尽管他在《帝京篇序》中极力反对"秦皇周穆，汉武魏明"等帝王们"峻宇雕墙，穷侈极丽"的纵欲之风，但唐代的四大行宫恰恰是在他的授意下扩建或改建的。所以，他不仅给子孙后代开创了近三百年的基业，而且给子孙留下了游憩享乐的皇家离宫，更给后世文人留下了鉴古知今的话题。

自京赴奉先县咏怀五百字[①]

杜 甫

杜陵有布衣[②]，老大意转拙[③]。
许身一何愚[④]，窃比稷与契[⑤]。
居然成濩落[⑥]，白首甘契阔[⑦]。
盖棺事则已，此志常觊豁[⑧]。
穷年忧黎元[⑨]，叹息肠内热。
取笑同学翁[⑩]，浩歌弥激烈。
非无江海志，潇洒送日月。
生逢尧舜君，不忍便永诀[⑪]。
当今廊庙具，构厦岂云缺[⑫]。
葵藿倾太阳，物性固莫夺。
顾惟蝼蚁辈，但自求其穴[⑬]。
胡为慕大鲸，辄拟偃溟渤[⑭]。
以兹悟生理，独耻事干谒。
兀兀遂至今[⑮]，忍为尘埃没。
终愧巢与由，未能易其节[⑯]。
沉饮聊自遣，放歌破愁绝。
岁暮百草零，疾风高冈裂。
天衢阴峥嵘，客子中夜发[⑰]。
霜严衣带断，指直不得结。
凌晨过骊山，御榻在嵽嵲[⑱]。
蚩尤塞寒空[⑲]，蹴踏崖谷滑。
瑶池气郁律[⑳]，羽林相摩戛。
君臣留欢娱，乐动殷胶葛[㉑]。

【诵读导语】

这首咏怀诗是杜甫对他长安十年人生经历的总结，也是他的人生感慨。杜甫途经骊山脚下，看见华清宫中灯火辉煌，再想想自己的人生遭遇，便写下了这首流传千古的杰作。全诗大致分为三个部分：从开头到"放歌破愁绝"是第一部分，以自嘲的口吻写自己的人生不幸；从"岁暮百草零"到"惆怅难再述"是第二部分，通过写唐玄宗在华清宫中彻夜狂欢以及君臣奢侈腐化的生活，揭示了"朱门酒肉臭，路有冻死骨"的社会现实；从"北辕就泾渭"到诗的结尾，是第三部分，通过自己的"幼子饿已卒"的遭遇，推己及人，抒发忧国忧民的情怀。在唐代诗歌史上，这是唯一一首写安史之乱爆发前夕唐代社会现实的诗。它标志着杜甫现实主义诗歌创作的起点。

注：
① 这首诗写于天宝十四载冬，当时杜甫从长安到奉先探家。奉先：今陕西蒲城县。唐玄宗的父亲唐睿宗埋葬在蒲城县的桥陵，于是改蒲城县为奉先县。
② 杜陵：杜甫祖籍长安城南杜陵，故其常自称杜陵布衣、杜陵野老。
③ 意转拙：脑子越来越笨。
④ 一何：多么。
⑤ 稷与契：传说中上古时的两位贤臣。
⑥ 居然：竟然。濩落：大而无用。
⑦ 甘契阔：意谓虽然辛苦，但自己却心甘情愿。

⑧ 觊豁：盼望（理想）能够实现。
⑨ 穷年：一年到头。忧黎元：为老百姓忧愁。
⑩ "取笑"句：意谓自己常被那些已经做了官的同学耻笑。
⑪ 永诀：指隐居。
⑫ "当今"二句：意谓国家也不缺自己这个人才。
⑬ "顾惟"二句：作者把朝廷官员比作只顾自己享乐的蝼蚁之辈。
⑭ "胡为"二句：作者把自己比作在碧海中搏击风浪的大鲸。胡为：为什么。
⑮ 兀兀：辛辛苦苦。
⑯ "终愧"二句：意谓想起巢父和许由，自己感到惭愧。巢与由：上古传说中的两位隐士巢父和许由。易：改变。
⑰ 天衢：京城的大街。客子：作者自称。
⑱ 崒嵲：高山，此指骊山。
⑲ 蚩尤：借指大雾。
⑳ 瑶池：代指华清宫。郁律：热气蒸腾。
㉑ "乐动"句：意谓音乐声响彻云霄。
㉒ 长缨：指达官贵人。短褐：普通百姓。
㉓ "彤庭"二句：意谓皇帝赏赐的东西都是从穷苦百姓那里搜刮来的。
㉔ "圣人"二句：意谓皇帝赏赐群臣是为了让他们把国家治理得更好。
㉕ "多士"二句：意谓现在充斥朝廷的那些达官贵人的所作所为让人听了都不寒而栗。
㉖ "况闻"二句：意谓国库中的珍宝都赏给了皇亲贵戚。
㉗ 崒兀：高而险。
㉘ 河梁：桥。坼：裂开。此句指桥未被冲断。
㉙ 秋禾登：秋粮收获。
㉚ "生常"二句：杜氏家族在唐朝享受着不缴租税、不服兵役的特权。
㉛ 平人：普通百姓。
㉜ 失业徒：失去田地的人。
㉝ 顽洞：茫然无边。

赐浴皆长缨，与宴非短褐㉒。
彤庭所分帛，本自寒女出㉓。
鞭挞其夫家，聚敛贡城阙。
圣人筐篚恩，实欲邦国活㉔。
臣如忽至理，君岂弃此物。
多士盈朝廷，仁者宜战栗㉕。
况闻内金盘，尽在卫霍室㉖。
中堂有神仙，烟雾蒙玉质。
暖客貂鼠裘，悲管逐清瑟。
劝客驼蹄羹，霜橙压香橘。
朱门酒肉臭，路有冻死骨。
荣枯咫尺异，惆怅难再述。
北辕就泾渭，官渡又改辙。
群冰从西下，极目高崒兀㉗。
疑是崆峒来，恐触天柱折。
河梁幸未坼㉘，枝撑声窸窣。
行李相攀援，川广不可越。
老妻寄异县，十口隔风雪。
谁能久不顾，庶往共饥渴。
入门闻号咷，幼子饿已卒。
吾宁舍一哀，里巷犹呜咽。
所愧为人父，无食致夭折。
岂知秋禾登㉙，贫窭有仓卒。
生常免租税，名不隶征伐㉚。
抚迹犹酸辛，平人固骚屑㉛。
默思失业徒㉜，因念远戍卒。
忧端齐终南，顽洞不可掇㉝。

华清宫

王 建

酒幔高楼一百家,宫前杨柳寺前花。
内园分得温汤水①,二月中旬已进瓜。

注:
① 内园:华清宫御苑,培植花木果蔬。

【诵读导语】

王建一生仕途坎坷,长期在关中一带做县丞、县尉一类小官。后来,他通过关系结识了宦官王守澄,并经常登门拜访,了解到皇帝后宫中许多事情,写成著名的《宫词一百首》,京城传唱不已。这首诗是他担任昭应县(今西安市临潼区)丞时写的。从诗中可以看出,安史之乱以后,直到中唐后期,华清宫虽然荒废,但昭应县城却很繁华。同时,华清宫的"内园"还一直为长安的皇宫提供瓜果、蔬菜。由于利用地热水灌溉,"内园"在早春时节就已经能给皇宫中供奉新鲜瓜果。这是唐诗中唯一一首记载利用骊山地热水灌溉种植瓜果的诗。

华清宫莲花汤遗址

长恨歌①

白居易

汉皇重色思倾国,御宇多年求不得②。
杨家有女初长成③,养在深闺人未识。
天生丽质难自弃,一朝选在君王侧。
回眸一笑百媚生,六宫粉黛无颜色④。
春寒赐浴华清池,温泉水滑洗凝脂⑤。
侍儿扶起娇无力,始是新承恩泽时⑥。
云鬓花颜金步摇⑦,芙蓉帐暖度春宵。
春宵苦短日高起,从此君王不早朝。
承欢侍宴无闲暇,春从春游夜专夜。
后宫佳丽三千人,三千宠爱在一身。
金屋妆成娇侍夜⑧,玉楼宴罢醉和春。

【诵读导语】

《长恨歌》是白居易在周至县担任县尉时应朋友陈鸿和王质夫的请托而创作的。作者把唐玄宗和杨贵妃之间的风流韵事置于华清宫中,从而让华清宫成为李杨纵情享乐的温柔富贵乡,并把唐玄宗从成都回京后的居住地兴庆宫变成唐玄宗眷怀杨贵妃的伤心之地。一乐一悲,先乐后悲,马嵬事变成为转折点。这种写法,足以看出作者对唐玄宗和杨贵妃的不幸遭遇的同情。这首诗之所以能成为千古绝唱,原因就在于此。从题材看,作者是在写李杨的人生悲剧。其实,透过这一层去看,作者实际上也写了唐王朝的盛衰史。

《长恨歌》彩色工笔画　孟庆江

注:

① 元和元年,作者任周至县尉时创作了这首长篇歌行。因是悲剧结局,故以"长恨"名篇。
② 汉皇:代指唐玄宗。倾国:指美女。御宇:统治全国。
③ 杨家有女:指杨玉环。杨贵妃是蜀州司户杨玄琰的女儿,小名玉环。开元二十三年,册封为寿王(唐玄宗的儿子李瑁)妃。二十八年,唐玄宗度她为女道士,道号太真。天宝四载册封为贵妃。
④ 六宫:泛指后妃的宫殿。粉黛:代指嫔妃。无颜色:六宫妃嫔在和杨贵妃比较之下都显得不美了。
⑤ 凝脂:形容皮肤白嫩、柔滑。
⑥ 承恩泽:得到皇帝的宠幸。
⑦ 步摇:首饰名。行走时摇动,故名"步摇"。
⑧ 金屋:《汉武故事》载汉武帝言:"若得阿娇作妇,当作金屋贮之。"
⑨ 列土:杨玉环受册封后,她的大姐封韩国夫人,三姐封虢国夫人,八姐封秦国夫人。叔伯兄弟都分别

授官，杨钊赐名国忠，天宝十一载（752）为右丞相，所以说"皆列土"（分封土地）。可怜：令人羡慕。
⑩ 骊宫：华清宫。每年十月，唐玄宗带杨贵妃在此避寒。
⑪ 渔阳：即范阳，辖今北京大部，以及天津、河北部分地区，归平卢、范阳、河东三镇节度使安禄山统辖。鼙鼓：军中用的小鼓。此指安禄山发动叛乱。
⑫ 霓裳羽衣曲：唐玄宗时宫廷著名法曲。
⑬ 九重城阙：指京城。烟尘生：指叛军逼近长安。西南行：天宝十五载（756）六月，安史叛军攻破潼关，杨国忠主张逃向蜀中，唐玄宗在龙武大将军陈玄礼率领的禁军护卫下逃出长安。
⑭ 翠华：指皇帝的车驾。
⑮ 蛾眉：代美女。此指杨贵妃。
⑯ 翠翘：头饰。金雀：雀形的金钗。玉搔头：玉簪。
⑰ 云栈：高入云端的栈道。萦纡：回环曲折。剑阁：即剑门关，在今四川剑阁县北。
⑱ 峨嵋山：唐玄宗到蜀中，不曾到过峨嵋山，这里泛指今四川的高山。
⑲ 夜雨闻铃：《明皇杂录》："明皇既幸蜀，西南行，初入斜谷，属霖雨涉旬，于栈道雨中闻铃，音与山相应。上（指玄宗）既悼念贵妃，采其声为《雨霖铃曲》以寄恨焉。"
⑳ 天旋地转：比喻唐王朝在平叛中节节胜利。回龙驭：指玄宗由蜀中返回长安。此：指杨贵妃蒙难处。

姊妹弟兄皆列土，可怜光彩生门户⑨。
遂令天下父母心，不重生男重生女。
骊宫高处入青云⑩，仙乐风飘处处闻。
缓歌慢舞凝丝竹，尽日君王看不足。
渔阳鼙鼓动地来⑪，惊破霓裳羽衣曲⑫。
九重城阙烟尘生，千乘万骑西南行⑬。
翠华摇摇行复止⑭，西出都门百余里。
六军不发无奈何，宛转蛾眉马前死⑮。
花钿委地无人收，翠翘金雀玉搔头⑯。
君王掩面救不得，回看血泪相和流。
黄埃散漫风萧索，云栈萦纡登剑阁⑰。
峨嵋山下少人行⑱，旌旗无光日色薄。
蜀江水碧蜀山青，圣主朝朝暮暮情。
行宫见月伤心色，夜雨闻铃肠断声⑲。
天旋地转回龙驭，到此踌躇不能去⑳。
马嵬坡下泥土中㉑，不见玉颜空死处。
君臣相顾尽沾衣，东望都门信马归。
归来池苑皆依旧，太液芙蓉未央柳㉒。
芙蓉如面柳如眉，对此如何不泪垂。
春风桃李花开日，秋雨梧桐叶落时。
西宫南苑多秋草㉓，宫叶满阶红不扫。
梨园弟子白发新，椒房阿监青娥老㉔。
夕殿萤飞思悄然，孤灯挑尽未成眠㉕。
迟迟钟鼓初长夜，耿耿星河欲曙天㉖。
鸳鸯瓦冷霜华重，翡翠衾寒谁与共㉗。
悠悠生死别经年，魂魄不曾来入梦㉘。

㉑ 马嵬坡：在今陕西兴平西。
㉒ 太液：即太液池，在大明宫内。未央：汉宫名。代指唐朝的池苑和宫殿。
㉓ 西宫：太极宫。南苑：兴庆宫。
㉔ 梨园弟子：宫廷艺人。阿监、青娥：泛指宫女。
㉕ 孤灯挑尽：是说灯膏已燃尽。
㉖ 耿耿：明亮。星河：银河。欲曙天：天快亮。
㉗ 鸳鸯瓦：屋瓦一俯一仰扣合在一起叫"鸳鸯瓦"。霜华重：指霜厚。翡翠衾：装饰着翡翠鸟羽毛的被子。
㉘ 魂魄：指杨贵妃的魂灵。
㉙ 临邛：今四川邛崃。鸿都：洛阳宫北门名，这里借指长安。"鸿都客"意谓临邛道士客居长安。
㉚ 穷：一直到达。碧落：指天上。黄泉：地下最深处。
㉛ 五云：五色云。绰约：美好的样子。
㉜ 参差：仿佛。
㉝ 玉扃：玉做的门。小玉、双成：指仙界的童子。
㉞ 九华帐：即寝帐。
㉟ 珠箔：珠帘。逦迤：接连不断。
㊱ 泪阑干：泪流满面。
㊲ 凝睇：凝视。
㊳ 昭阳殿：汉宫名，赵飞燕所居。代指杨贵妃旧居处。蓬莱宫：传说中道家的仙境，即太真升天后的居处。
㊴ 旧物：生前和唐玄宗定情的信物。
㊵ 钿合：镶嵌着金花的首饰盒。寄将去：捎去。
㊶ 擘：分开。连同上句意谓金钗留一股，金钿盒留一扇。

临邛道士鸿都客㉙，能以精诚致魂魄。
为感君王辗转思，遂教方士殷勤觅。
排空驭气奔如电，升天入地求之遍。
上穷碧落下黄泉㉚，两处茫茫皆不见。
忽闻海上有仙山，山在虚无缥缈间。
楼阁玲珑五云起，其中绰约多仙子㉛。
中有一人字太真，雪肤花貌参差是㉜。
金阙西厢叩玉扃，转教小玉报双成㉝。
闻道汉家天子使，九华帐里梦魂惊㉞。
揽衣推枕起徘徊，珠箔银屏逦迤开㉟。
云鬓半偏新睡觉，花冠不整下堂来。
风吹仙袂飘飖举，犹似霓裳羽衣舞。
玉容寂寞泪阑干㊱，梨花一枝春带雨。
含情凝睇谢君王㊲，一别音容两渺茫。
昭阳殿里恩爱绝，蓬莱宫中日月长㊳。
回头下望人寰处，不见长安见尘雾。
唯将旧物表深情㊴，钿合金钗寄将去㊵。
钗留一股合一扇，钗擘黄金合分钿㊶。
但教心似金钿坚，天上人间会相见。
临别殷勤重寄词，词中有誓两心知。
七月七日长生殿㊷，夜半无人私语时。
在天愿作比翼鸟，在地愿为连理枝㊸。
天长地久有时尽，此恨绵绵无绝期。

㊷ 长生殿：在华清宫中。
㊸ 比翼鸟：比喻夫妻。连理枝：两棵树枝干连在一起。

过华清宫

李 约

君王游乐万机轻[①]，一曲霓裳四海兵。
玉辇升天人已尽[②]，故宫犹有树长生[③]。

注：
① 万机轻：把天下大事看得很轻。
② 玉辇：即皇帝乘坐的车子。诗中代指唐玄宗。
③ 故宫：即华清宫。因为安史之乱以后，唐朝皇帝很少再到华清宫避寒，所以称其为故宫。

【诵读导语】

李约是唐王朝的宗室，在德宗和宪宗朝曾担任过地方官，最后官至兵部员外郎。这首诗对其先祖唐玄宗提出了尖锐的批评，"一曲霓裳四海兵"极其警策。在批评唐玄宗的诗中，这样决绝的诗句是绝无仅有的。不过，李约的这个观点和他的祖上唐太宗的观点不一样。贞观初，群臣批评陈后主因沉溺《玉树后庭花》而亡国时，唐太宗却说"乐无哀乐"。意思是：一首乐曲并不能导致社稷灭亡，关键在于执政者的头脑是否清醒。尾联用"树长生"反衬唐玄宗追求长生却没有长生的悲剧。因为他曾在华清宫中修建长生殿，用以祈求神灵让自己长生不老。明朝诗人薛瑄有一首《题温泉》："唐家天子爱温泉，故起离宫绣岭前。山上朝元金作阁，苑中汤井玉为莲。锦凫曾泛当时水，香木频浮旧日船。赐浴未终鼙鼓动，苔池留恨自年年。"按说他去唐朝很远，应该无所顾忌，但他却以温丽香艳的笔调写温泉宫。而且"苔池留恨"的主体也是模棱两可，还不如李约来得痛快决绝。

过华清宫

华清宫

张 继

天宝承平奈乐何①,华清宫殿郁嵯峨。
朝元阁峻临秦岭②,羯鼓楼高俯渭河③。
玉树长飘云外曲④,霓裳闲舞月中歌⑤。
只今唯有温泉水⑥,呜咽声中感慨多。

【诵读导语】

这首诗,前六句都是写华清宫中的乐景。结尾两句,突然一个转折,写华清宫的衰落。作者没有直接抒发感慨,而是用拟人的手法写汩汩而流的温泉水似乎在哽哽咽咽地诉说着尘世的盛衰更替。张继经历过安史之乱,所以,他的这种表现手法尤其显得令人伤感。唐末的温庭筠也有类似的表达:"至今汤殿水,呜咽县前流。"也是让温泉水替人陈情。三百多年后,陆游做了一个梦,梦见自己游骊山华清宫。梦醒后,写了《夜梦游骊山》:"秦楚相望万里天,岂知今夕宿温泉。穿云漱月无穷恨,依旧潺湲古县前。"其表达手法和张继诗的尾联一脉相承。不过,陆游的"无穷恨"是由于当时华清宫所在地关中地区已经被金人占领多年,而不是为唐玄宗惋惜。

注:
① 奈乐何:快乐得忘乎所以。
② 临秦岭:居高临下,俯瞰秦岭。
③ 羯鼓楼:在华清宫中,专为唐玄宗敲击羯鼓而建造。
④ 玉树:即《玉树后庭花》。此代指宫廷乐曲。
⑤ 霓裳:即霓裳羽衣舞。连同上句,写唐玄宗在华清宫彻夜狂欢。
⑥ 只今:如今,现在。

华清宫

题昭应温泉

孙叔向

一道温泉绕御楼①,先皇曾向此中游②。
虽然水是无情物,也到宫前咽不流③。

注:
① 御楼:泛指华清宫中的殿台楼阁。
② 先皇:即唐玄宗。
③ "虽然"二句:意思是无情之水尚且呜咽不前,有情之人情何以堪!

【诵读导语】

孙叔向是唐德宗时人。他对安史之乱的噩梦记忆犹新。他虽然很向往唐玄宗时代的繁荣盛世,但也为帝王耽于游乐而感到忧虑。清朝诗人王士禛游览古都西安时写有一首《骊山宫怀古》,也表达了同样的心理感受:"空城几曲水潺潺,松柏凄凉满旧山。辇道无人秋草合,年年呜咽到人间。"

温泉水源

题温泉

李 涉

能使时平四十春①,开元圣主得贤臣。
当时姚宋并燕许②,尽是骊山从驾人③。

【诵读导语】

安史之乱以后,在关于华清宫的诗中,许多人都把祸乱的起因归于唐玄宗在骊山行宫耽于游乐。李涉则从用人的角度看待君王游乐。开元时,政治清明是由于皇帝任用贤臣。应该说作者的这一观点独具慧眼。至于后来为何天下大乱,他并没有说,但历史已经给出了答案:君主宠信奸佞,终于导致了安史之乱的发生。

注:

① 时平:天下太平。四十春:即四十年。唐玄宗公元712年登基,756年逊位,在位四十五年。说四十年,是举其整数。

② "当时"句:姚宋、燕许,即姚崇、宋璟、张说、苏颋。这几位在唐玄宗开元时期相继担任宰相。开元之治的出现,他们功不可没。燕许:张说被封为燕国公,苏颋被封为许国公。两人皆以文章著称于世,时号"燕许大手笔",简称"燕许"。

③ "尽是"句:意思是姚崇、宋璟、张说、苏颋都是陪同唐玄宗在华清宫游乐的人。言外之意是说导致天下大乱的原因不在于游乐,而在于唐玄宗晚年用人不当。

华清宫汤池遗址

过华清宫三绝句

杜 牧

长安回望绣成堆①,山顶千门次第开②。
一骑红尘妃子笑③,无人知是荔枝来。

新丰绿树起黄埃,数骑渔阳探使回④。
霓裳一曲千峰上,舞破中原始下来⑤。

万国笙歌醉太平⑥,倚天楼殿月分明。
云中乱拍禄山舞⑦,风过重峦下笑声。

【诵读导语】

这组诗以极其凝炼的语言描写了唐王朝由盛转衰的历史。第一首以杨贵妃爱吃荔枝的喜好着重写唐玄宗宠爱杨贵妃。"一骑红尘妃子笑,无人知是荔枝来",形容驿传之神速如飞,所以有人就说:"明皇致远物以悦妇人,穷人之力,绝人之命,有所不顾,如之何不亡?"第二首写唐玄宗宠信奸佞、奢侈淫乐,导致天下大乱。"舞破"一句,既奇绝,又令人痛绝;语带诙谐,令人称绝。第三首似与第二首重复,但其重点在于写天宝末年唐玄宗以及上层人物醉生梦死的奢靡生活。

注:
① 绣成堆:既指华清宫两旁的东绣岭、西绣岭,又形容骊山花团锦簇的景致。
② 次第:依次。
③ 红尘:驿马快速奔驰时扬起的尘土。
④ 渔阳探使:杨国忠屡称安禄山必反,其实是担心唐玄宗用安禄山替代自己当宰相,并不是他有先见之明。于是唐玄宗就以赐柑橘为名派宦官辅璆琳去范阳探察。安禄山心知肚明,重金贿赂辅璆琳。辅璆琳返回长安后,向唐玄宗报告安禄山不会反叛。渔阳即范阳。
⑤ 舞破中原:指安史叛军攻占了中原,唐玄宗才停止娱乐。
⑥ 万国:指皇亲国戚。
⑦ 禄山舞:安禄山曾亲自给唐玄宗表演过胡旋舞。

华清宫海棠汤遗址

骊山有感

李商隐

骊岫飞泉泛暖香①,九龙呵护玉莲房②。
平明每幸长生殿③,不从金舆惟寿王④。

注:
① 骊岫(xiù):骊山。岫:山峰。
② 九龙:骊山温泉东边有龙湫。张说等大臣曾在唐玄宗生日时上表说:"陛下二气含神,九龙浴圣。"玉莲:安禄山曾向华清宫进献用汉白玉雕成的玉莲花,置于唐玄宗沐浴的汤池中,栩栩如生。华清池中的莲花汤即由此而来。
③ 平明:天快亮了。长生殿:华清宫内供奉神灵的宫殿。其遗址在今东花园。
④ 金舆:皇帝坐的车。寿王:唐玄宗的第十八个儿子李瑁。其母为武惠妃。开元二十三年在洛阳和杨玉环结婚。开元二十八年,唐玄宗下敕度寿王妃为女冠,令其离开寿王府,入太真观修道。

【诵读导语】

李商隐有两首诗写到寿王瑁。这一首以华清宫为背景,写寿王瑁对杨玉环的思念。他不跟着唐玄宗去长生殿有两方面的原因:一是唐玄宗可能不让他去,因为杨贵妃要陪玄宗去长生殿;二是寿王瑁自己不愿意去,他怕遇见自己先前的妃子。"九龙呵护"一句,大有深意。与其说是"呵护",倒不如说是监视得很严密。另一首《龙池》,以兴庆宫为背景:"龙池赐酒敞云屏,羯鼓声高众乐停。夜半宴归宫漏永,薛王沉醉寿王醒。"前三句都是写在兴庆宫中的宴乐,只有末句把寿王与薛王等人做了对比:一醒一醉!不露讥刺,而讥刺之意却很明显,深得风人之旨。

骊山

【诵读导语】

苏轼的这三首诗以议论为主,评判古代帝王的是非功过。这是宋人常用的手法。在写骊山的时候,他把秦始皇和唐玄宗相提并论,既写他们一统天下的功绩,又慨叹他们的覆亡。他们之所以相继覆亡,就因为他们不吸取历史上的前车之鉴。而"却怨骊山是祸胎"一句,是作者对在他之前写过骊山的诗人说的。怨的主体,既不是秦始皇,也不是唐玄宗,而是那些写骊山的人。第三首写唐玄宗多次到朝元阁朝拜老子,让他保佑天下太平。作者说:教训就在眼前的秦始皇陵,你何必去祈求你的先祖保佑你呢!

骊山三绝句①

苏 轼

功成惟欲善持盈②,可叹前王恃太平③。
辛苦骊山山下土,阿房才废又华清。

几变雕墙几变灰④,举烽指鹿事悠哉⑤。
上皇不念前车戒⑥,却怨骊山是祸胎。

海中方士觅三山⑦,万古明知去不还。
咫尺秦陵是商鉴⑧,朝元何必苦跻攀⑨。

注:
① 这三首诗作于宋英宗治平元年(1064)。苏轼离任凤翔府签判前,曾游览临潼华清宫遗址。
② 惟欲:就应该。持盈:守护已经取得的成就。
③ 前王:指秦始皇、唐玄宗。
④ "几变"句:意思是皇宫变成废墟,废墟上又建起宫殿的事在历史上曾屡次发生。
⑤ 举烽:指周幽王为博褒姒一笑,在骊山点烽火戏弄诸侯的故事。指鹿:指秦二世时宦官赵高为篡权而"指鹿为马"的故事。
⑥ 上皇:指秦始皇、唐玄宗。
⑦ "海中"句:指白居易《长恨歌》中写的方士在海上三神山寻觅杨贵妃。"三山"指道家说的蓬莱、瀛洲、方丈三座仙山。
⑧ 咫尺:距离极近。华清宫的东边不远处即秦始皇陵。商鉴:即前朝灭亡的教训。
⑨ 朝元:即朝元阁,在骊山高处的西绣岭第三峰峰顶。又名老君庙,天宝七载(748),唐玄宗朝拜老子于此,曾改名降圣阁。

阿房宫遗址

温泉怀古

杨一清

华清浴罢已斜阳，胡孽终成祸有唐①。
人世几回惊代谢，泉声何自管兴亡②。
霓裳舞绝川原静，绣岭云深草树荒③。
过客登临归去晚④，月华山色共苍凉。

【诵读导语】

杨一清在明朝弘治末年曾巡按陕西，留下了一些览古诗。这首诗叙述、议论、写景相结合，对唐玄宗晚年的所作所为进行剖析针砭。尤其是"霓裳舞绝川原静"一句，蕴含丰富，耐人寻味。唐刘禹锡《西塞山怀古》诗说："人世几回伤往事，山形依旧枕寒流。"杨一清则说："人世几回惊代谢，泉声何自管兴亡。"明显地带有模仿刘诗的痕迹。

注：
① "华清"二句：意思是唐玄宗给安禄山赐浴，也就预示着唐王朝的末日到来了。胡孽：指安禄山。
② "泉声"句：泉水从来不管天下兴亡。这是作者对那些写温泉水呜咽流恨的诗人说的话。
③ "霓裳"二句：写唐玄宗乐极生悲。和杜牧的"舞破中原始下来"意思相同。
④ 过客：作者自称。

杨贵妃画像

长生殿

周嘉猷

天上人间思渺茫①,骊山星月映霓裳。
千秋未了来生愿②,百劫难消此夜香③。
银汉迢迢怜对影④,金钗秘密誓回肠⑤。
楼东亦有承恩处,可记珍珠一斛量⑥。

【诵读导语】

周嘉猷是清朝乾隆时的人。他的这首诗所抒发的情感比较复杂。首句写唐玄宗和杨贵妃阴阳相隔而又情思绵绵,流露出对二人的同情。第二句的"星月映霓裳"是"一曲霓裳四海兵"式的讥刺呢,还是"尽日君王看不足"的心花怒放?抑或是诗人目睹今日的骊山之夜,思绪回到千年前唐玄宗的温柔富贵乡?"千秋"一句,为二人的愿望没能实现感到惋惜。"百劫"一句,又赞美二人真心相爱。"银汉"二句,上句的"银汉迢迢"虽然用了北宋词人秦观《鹊桥仙》中"纤云弄巧,飞星传恨,银汉迢迢暗度"的词句,却没有"金风玉露一相逢,便胜却人间无数"的温馨聚会。所以,下句的"金钗秘密"也只能是"词中有誓两心知"了。前六句基本是对唐玄宗和杨贵妃的同情、赞美、惋惜,而结尾一联突兀引进因杨贵妃入宫而遭到唐玄宗冷落的梅妃,不知作者是要赞美唐玄宗心无旁骛地深爱杨贵妃呢,还是讥刺唐玄宗见异思迁的薄情寡义?

注:

① "天上"句:化用白居易《长恨歌》中杨贵妃让临邛道士转告唐玄宗的"但教心似金钿坚,天上人间会相见"之语。

② "千秋"句:唐玄宗和杨贵妃曾在七夕之夜盟誓——愿生生世世为夫妻。但作者说千年以来他俩的这个愿望都没能实现。未了:没有满足。

③ 百劫:经历许多苦难。此夜香:即七夕之夜盟誓的美好心愿。香:令人备受感动的馨香。

④ "银汉"句:意思是唐玄宗和杨贵妃在天人相隔的悲惨命运中仍旧对对方饱含深情。怜:同情。

⑤ "金钗"句:白居易《长恨歌》中杨贵妃托临邛道士把当年二人的定情之物金钗转交给尘世的唐玄宗,并请唐玄宗牢牢记住二人对天盟誓的誓言。回肠:即柔肠九转,内心极度痛苦。

⑥ "楼东"二句:意思是长生殿旁有个地方也住着一位曾经受到唐玄宗宠幸的人,玄宗是否还记得曾经赏给那位美人一斛珍珠的事。这位美人就是杨贵妃入宫后被唐玄宗冷落的梅妃。

【诵读导语】

唐代诗人张祜有一首《题青龙寺》:"二十年沉沧海间,一游京国也应闲。人人尽到求名处,独向青龙寺看山。"姑且不探究字面背后隐藏的深意,仅就字面看,张祜自有与人不同之处:别人趋走名利地,我去青龙寺看山。袁枚也一样,他的诗路不落旁人窠臼。但凡写华清宫,几乎都要涉及唐玄宗、杨贵妃以及社会的治乱兴衰。袁枚却写温泉水不趋炎附势:达官贵人在温汤可以得到满足,寒士在这里照样会受到温汤的款待。

温 泉

袁 枚

华清宫外水如汤①,洗过行人流出墙。
一样温存款寒士②,不知世上有炎凉。

注:
① 汤:热水。
② 款:招待。

【诵读导语】

史念祖是江苏江都人,生活在清咸丰前后,曾在西安主持陕甘军粮筹运之事,对古都西安的人文古迹颇为关注。这首诗也有与众不同之处:当多数人为唐玄宗和杨贵妃的遭遇抒发感慨的时候,史念祖却把上皇的痛苦和天下百姓的痛苦加以比照,劝人们还是关注一下百姓所遭受的乱离之苦。这也许是受到袁枚《马嵬》诗的启发:"莫唱当年长恨歌,人间亦自有银河。石壕村里夫妻别,泪比长生殿上多。"

这也是清代以后,华清宫诗的主题从关注皇帝、贵妃向关注劳苦大众的转变。

骊 宫

史念祖

牛女年年会有期①,温泉萧瑟水声悲。
上皇莫忆长生殿②,多少夫妻哭乱离。

注:
① 牛女:即牛郎织女。
② 上皇:即唐玄宗。

【诵读导语】

在唐代的四大行宫中，只有翠微宫坐落在长安城南终南山之上。由于地势高峻，在此放眼北望，长安城历历在目。这四座行宫都是在唐太宗时修建或扩建的。然而，在四大行宫中，唐太宗流传下来的诗只有描写翠微宫的这一首。作者通过对疏荷、鸿雁、菊花等的描写，展现了翠微宫清爽高旷的秋色，呈现出清疏淡远的特点。这在唐太宗的诗中是不多见的。

秋日翠微宫①

唐太宗

秋光凝翠岭，凉吹肃离宫。
荷疏一盖缺，树冷半帷空。
侧阵移鸿影，圆花钉菊丛。
摅怀俗尘外，高眺白云中。

注：

① 翠微宫：翠微宫的前身为唐高祖武德八年（625）所建的太和宫。贞观十年（636）废。贞观二十一年（647）四月唐太宗为避暑而重建，并改名翠微宫。因其四面环山，故在四大行宫中最为险峻。唐太宗在诏书中说："近因群下之志，南营翠微。木绝丹青之丁，才假林泉之势，峰居隘乎蚊睫，山迳险乎焦原。"其正门北开，名云霞门。朝殿名翠微殿，寝殿名含风殿。殿西有太子别宫。贞观二十三年（649）四月，唐太宗病逝于此。到天宝时期，翠微宫已废为佛寺。所以杜甫在《重游何氏五首》中说："云薄翠微寺，天清皇子陂。"其遗址在今西安市长安区滦镇街道黄峪寺村。

砌在梯田坎中的翠微宫石条

翠微宫遗址

山水篇

古都西安，北有沟壑纵横的黄土高原，南有横贯关中的巍巍秦岭。神秘的终南山以其雄奇壮美的自然景象受到历代文人墨客的讴歌。在这些作品中，诗人把山水形胜和帝都文化联系在一起，使它成为一种人文意象。如杜甫的"西望瑶池降王母，东来紫气满函关"，给自然山水蒙上了一层天人合一的神秘色彩。由于帝都的特殊关系，古都西安乃至陕西的山水形胜就具有了雄踞天下的气概，自然山水在诗人的笔下富有无限的灵性，彰显了帝都文化的浑厚与恢弘。而以山水形胜为载体所形成的山水文化，在古都西安这块文化沃土上，既滋养了崇尚礼乐的儒家文化，又发展了任运自然的道家文化。古都西安的山水又孕育了融合儒道思想的隐士文化。它既能彰显文人雅士的风流潇洒，又能告慰失意文人的彷徨与无奈，抑或是为追求名利之徒提供"终南捷径"。因此，像楼观台这样的道家渊薮已经不纯粹是道家的洞天福地，更是文人雅士获取精神自由的广阔天地。对于历史上的那些想躲避尘嚣的人来说，古都西安的山水形胜成为他们天然的精神家园，客观的自然与理性的自然在他们的诗作中达到了完美的统一。

　　西安的山水形胜又是一个历史的存在。这也是历代文人所关注的题材。就像明朝的王九思所说的："王州自古诧秦中，表里山河百二雄。云际尚疑秦复道，翠微深闭汉离宫。"所以，诵读千古帝王都，不能不对吟诵古都西安山水形胜的诗歌名篇予以浏览。这也算是"卧游"时的一种精神享受。

终南山

王 维

太乙近天都①,连山到海隅。
白云回望合,青霭入看无。
分野中峰变②,阴晴众壑殊。
欲投人处宿,隔水问樵夫。

【诵读导语】

在唐人咏终南山的诗中,王维的这首诗虽然算不上是千古绝唱,但也是屈指可数的上乘之作。安史之乱中一段令其颇为难堪的经历,使王维走上了"亦官亦隐"的人生之路。终南山的辋川别业成了他"休沐"时的精神家园。所以王维对终南山的体认就超越了偶尔到山中游览的其他文人士子。这首诗写终南胜境,可谓尺幅千里,变化无端,宛如一幅浓淡相间的水墨画,体现了盛唐气象的雄浑阔大。诗中的"近天都"言其高耸,"到海隅"言其绵远。"白云"二句壮阔中有细腻,"入看无"三字画出终南山移步换形的境界,被誉为妙笔入神。"分野"二句,写出终南山的雄浑阔大。末二句再写山之辽阔、幽深、人迹罕至。笔下有鸿蒙之气,方可成奇观大观。

注:
① 太乙:终南山的别称。天都:天宫,即天之最高处。
② 分野:古人把天上的二十八宿和大地上的地域相对应。终南山的中峰正好划分了不同的天象区域。

终南山

游终南山

孟 郊

南山塞天地①，日月石上生②。
高峰夜留景③，深谷昼未明。
山中人自正，路险心亦平。
长风驱松柏，声拂万壑清。
到此悔读书，朝朝近浮名。

注：
① 塞天地：充塞于天地之间。
② 生：升起。
③ 景：阳光。

【诵读导语】

在唐人描写终南山的诗中，只有孟郊的这首《游终南山》可以和王维的《终南山》诗相媲美。他们都写了终南胜境，但王维笔下的终南山寥廓、幽远，孟郊则写其险峻。王诗移步换形，引人入胜；孟诗则以盘空的硬语使人感到厚重和压抑。而结尾一联，犯了文人入山即想出世的通病。但不必当真，谁都知道孟郊汲汲于仕进，直到46岁才考中进士。唐末的林宽也有一首《终南山》："标奇耸峻壮长安，影入千门万户寒。徒自倚天生气色，尘中谁为举头看？"虽然表面上很有气势，实际上底气不足。

终南山

终南望余雪

祖咏

终南阴岭秀①,积雪浮云端。
林表明霁色②,城中增暮寒。

注：
① 阴岭：山的北面。
② 霁：雨雪后天放晴。

【诵读导语】

　　这首诗是祖咏在长安参加进士考试时的应试作品。按规定，应该写成六韵十二句，但他只写了这四句就搁笔了。监考官问他：为什么不写了？他说：意已尽矣。试题让写终南山的余雪。一般人肯定会极力刻画残雪画面。而祖咏则用三、四两句作衬托，写遥望雪后的终南山，霁色已开，而城中却犹有寒意。这也应了长安民间常说的俗谚："下雪不冷消雪冷。"比起陶渊明的写雪名句"倾耳无希声，在目皓已洁"和王维的"洒空深巷静，积素广庭闲"，祖咏的诗尤其显出作者诗心之灵动。后两句还用了流水对，一般人不会察觉。所以，殷璠说祖咏的诗"气虽不高，调颇凌俗"。其实，严格地说，祖咏跑题了！因为题目是让写"余雪"，而他却说"积雪"浮云端。不过三、四句用"托笔写意"的手法弥补了跑题的不足。祖咏的故事让人想起宋徽宗给画院招收画师时的一道题："踏花归去马蹄香。"香是一种嗅觉体验，在画面上很难表现，据说难倒了许多考生。但有一个考生很突出：他的画面上马蹄周围有几只蝴蝶在飞。这也是"托笔写意"在绘画上的体现。

冬景

终南山

张 乔

带雪复衔春①，横天占半秦。
势奇看不定，景变写难真②。
洞远皆通岳，川多更有神③。
白云幽绝处，自古属樵人④。

注：
① 衔：含。
② "景变"句：写终南山随着阴晴变化而呈现出万千气象，因此要画出真实的终南山很难。写：画。
③ 川：河流。
④ 樵人：指隐士。

【诵读导语】

张乔是唐末人。他在长安参加进士考试，以《月中桂》为题作诗，有"根非生下土，叶不坠秋风"的名联，深受主考官李频的赏识。其实，他的那首诗的七、八两句更能显出"月中桂"的不同凡响："影高群木外，香满一轮中。"可以说是超秀绝伦，富有仙韵。他的这首《终南山》就不像《月中桂》那样虚无缥缈了。首句用"带""衔"两个动词描绘终南山的高峻：山上白雪皑皑，山下春意盎然。次句的"横""占"二字使终南山呈现出一股霸气，比孟郊的"终南塞天地"更富有一股张扬沉雄之气。这对一个生于晚唐的诗人来说，确实不容易。有人说张乔诗"起句俱多挺拔语"，仅仅是看到表面，而没有看到作者"不受烟火气"的艺术个性。中间两联写终南山钟灵毓秀，奇势不定，变景难写，洞通岳，川有神。写其神奇灵秀，给人以神秘感，比王维写终南山的幽深雄浑多了一层诗人与景物之间的心灵互动。尾联虽然和孟郊的落笔一样，但孟是无病呻吟，张乔则是实话实说。后来的事实也证明了这一点：他虽然中了进士，仕途却充满坎坷，后来退出官场，回归家乡，隐居九华山。

终南山雪景

秦岭

汪元量

峻岭登临最上层,飞埃漠漠草棱棱。
百年世路多翻覆,千古河山几废兴。
红树青烟秦祖陇①,黄茅白苇汉家陵②。
因思马上昌黎伯③,回首云横泪湿膺。

注:
① 秦祖陇:秦国起于古陇地(今陕西陇县与甘肃清水一带),故云。
② 黄茅白苇:连片生长的黄色的茅草和白色的芦苇。
③ 昌黎伯:即韩愈。其被贬为潮州刺史,经蓝关时,有"云横秦岭家何在,雪拥蓝关马不前"的诗句。

【诵读导语】

公元1276年,元兵攻入临安(今杭州),俘虏了宋恭帝以及嫔妃与乐人,押至元大都。汪元量作为一个琴师也在其中。南宋灭亡后,宋恭帝觉得南归无望,提出出家为僧。元世祖就让汪元量等人把他送到甘州(今甘肃张掖)的一座佛寺出家。返回时,汪元量曾在关中游览。作为先朝的遗民,汪元量对故国充满了怀恋。所以,诗中的"百年世路多翻覆,千古河山几废兴",实际上是写南宋王朝百年以来所经历的沧桑巨变,饱含着对宋王朝灭亡的悲叹。不过,当他在长安周围看到"秦祖陇"的"红树青烟"和"汉家陵"上的"黄茅白苇",山河废兴之痛得以稍加缓解。尾联提及韩昌黎,只是触景生情而已。

秦岭

【诵读导语】

诗前小序云:"骊山在城东,居宸位。岩壑胜概,宛然在望。爰及薄暮,夕阳遥映,极目远眺,真佳景也。"朱集义把骊山晚照作为长安一景,并不是他独出心裁。早在唐朝末年,诗人吴融就有一首《雪后过昭应》,结尾一联说:"灞川南北真图画,更待残阳一望看。"所以,在唐朝末年已经有了骊山晚照的雏形。而且明朝的彭昭、刘储秀都写有《骊山晚照》。刘诗原文是:"由来绣岭多奇峰,一望岚光翠且重。复此斜阳相掩映,红云万朵照芙蓉。"这可以看作是对"骊山晚照"成因的诗化。元好问有一首诗谈诗、画创作:"眼处心生句自神,暗中摸索总非真。画图临出秦川景,亲到长安有几人?"宋以后,长安风光在画家笔下常常出现。最有名的当属北宋初期的著名山水画家范宽。他是华原(今铜川耀州区)人,自然对秦川山水烂熟于心。而后来的画家在画长安风光时,多是凭主观想象落笔,所以,元好问就批评说:"画图临出秦川景,亲到长安有几人?"朱集义也许读过元好问的诗。所以,凭着对长安文化的企慕,亲临西安,经过实地游览,创作了《长安八景》。

长安八景(选五)

朱集义

骊山晚照

幽王遗恨没荒台①,翠柏苍松绣作堆。
入暮晴霞红一片,尚疑烽火自西来②。

注:
① "幽王"句:意思是周幽王为博取褒姒一笑,在骊山举烽火而戏诸侯,最终导致国家灭亡。没:湮没。荒台:指骊山烽火台。
② "尚疑"句:意思是看到骊山晚霞竟然怀疑是不是烽火自西而来。周幽王是被西边的犬戎所灭,故云。

碑刻 骊山晚照

【诵读导语】

诗前小序云："灞水者，本滋水也。穆公因夸霸功，故改今名。旁多柳树。每至春杪，柳絮迎风，直与冬雪无异耳。"柳絮飘飞，宛如漫天飞雪，这是春末夏初常见景象。诗歌中的伤春之情多源于此。这首诗的第三句也说"浅水平沙深客恨"。其实，这也不是朱集义心生奇想。韩愈在《晚春》诗中就说过："杨花榆荚无才思，惟解漫天作雪飞。"不过，有一点值得提及："灞柳风雪"确切地说应该是"灞柳飞雪"。

灞柳风雪

古桥石路半倾欹①，柳色青青近扫眉②。
浅水平沙深客恨，轻盈飞絮欲题诗③。

注：
① 倾欹：倾斜。
② "柳色"句：意思是柳叶像女子淡淡的蛾眉。
③ "轻盈"句：唐昭宗时，有位宰相名叫郑綮，有一次，朋友聚会，请他作诗。他说："诗思在灞桥风雪中驴子上。"此句化用郑綮故事，意谓看见灞桥的柳絮飘飞，就想提笔赋诗。

【诵读导语】

诗前小序云："城东南十里许，有汉曲江池。其水曲折似嘉陵江。迨至李唐，泛杯流饮，诚一时盛事。"唐时，进士考试放榜后，朝廷给新科进士在曲江池畔的杏园赐宴。而每年的上巳节时，文人雅士也常常结伴游于城南曲江，并模仿王羲之等人在兰亭的曲水流觞故事，谓之曲江流饮。

曲江流饮

坐对回波醉复醒①，杏花春宴过兰亭②。
如何但说山阴事③，风度曾经数九龄④。

注：
① 回波：弯弯曲曲的溪流。
② 杏花春宴：指唐代及第进士在曲江边的杏园参与宴会。过兰亭：超过王羲之等人的兰亭雅集。
③ 但说：只说，只称道。山阴事：指王羲之等人聚会于会稽山阴修禊一事。
④ "风度"句：此句怀念开元盛世。张九龄是开元名相，惟以文史自娱，风流蕴藉，著称当时。

雁塔晨钟

噌吰初破晓来霜①,落月迟迟满大荒,枕上一声残梦醒,千秋胜迹总苍茫②。

【诵读导语】

诗前小序云:"城南荐福寺有浮屠耸于霄汉间者,俗呼为小雁塔是也。爰有古钟,寺僧晓叩,则清音远震。"荐福寺,全称为大荐福寺,在唐长安城开化坊。高宗死后,睿宗为给高宗献福,将中宗李显在开化坊中的旧宅英王府改建为大献福寺。武则天天授元年改名大荐福寺,并以飞白书题写荐福寺额。中宗时,又在寺院南面的塔院建十五级佛塔,称小雁塔。塔院有钟楼、鼓楼,晨敲钟,暮击鼓。此即雁塔晨钟的来历。

注:
① 噌吰(chēng hóng):形容钟声壮阔浑厚。初破:东方刚露出一缕朝霞。
② 千秋胜迹:小雁塔建于唐初,故称千秋胜迹。

小雁塔钟楼

草堂烟雾

烟雾空蒙叠嶂生,草堂龙象未分明①。
钟声缥缈云端出,跨鹤人来玉女迎②。

注:
① 龙象:佛家认为水行中龙的力量最大,陆行中象的力量最大,故把勇猛有力的罗汉称为龙象。此句意谓由于烟雾空蒙,草堂里的罗汉塑像看不清楚。
② 跨鹤人:指在终南山升仙的萧史和弄玉。因仙游寺和草堂寺相距不远,故用此典故。

【诵读导语】

诗前的小序说:"城西南有圭峰,下为逍遥园故址。昔鸠摩罗什译经于此。今谓之草堂寺。山岚水气,郁为烟雾。"序中所说的逍遥园,是后秦姚兴的庄园。鸠摩罗什由西域入长安,姚兴让他在此园译经。鸠摩罗什曾在园内建一草堂,作为传经布道之所。故后人称这座寺院为草堂寺。它是中国最早的佛教寺院之一。

草堂烟雾井

太乙湫[①]

杨云翼

四崖环抱镜光平,数亩澄泓石底清[②]。
寒入井头千丈雪,净涵岩际一天星。
傍人争出鱼依势,衔叶飞来鸟护灵。
日日东风送潮出,只应绝顶透沧溟。

【诵读导语】

太乙湫系唐天宝年间因山崩而形成的山间湖泊。唐代诗人韩愈有一首《龙移》:"天昏地黑蛟龙移,雷惊电激雄雌随。清泉百丈化为土,鱼鳖枯死吁可悲。"当时民间传说:一湫池水一夜之间从山头移到山腰。所以,今翠华山顶有一洼地,人称干湫池。干湫池下面十余里就是太乙湫。杨云翼于金章宗明昌五年进士及第,官至吏部尚书;曾游览关中。他的这首诗首联写太乙湫周围景象。颔联和颈联写池面风光。写其轻寒,冷气逼人;写其静秀,鱼出鸟来。尾联用风起浪涌作结,使一湫秀水遥通沧溟,颇为奇绝。

注:
① 太乙湫(qiū):在今西安市长安区太乙宫街道翠华山。湫:水池,池塘。
② 澄泓:水深且清澈见底。

翠华山

终南篇十首（选一）

王九思

王州自古诧秦中①，表里山河百二雄。
云际尚疑秦复道②，翠微深闭汉离宫③。

注：
① 诧：惊异。
② "云际"句：此句意思是人在终南山上，遥望渭北，可以隐隐约约地想见秦始皇阿房宫蜿蜒百里的长廊复道。云际：天边。
③ 翠微：青翠飘渺的山色。汉离宫：这里以汉代唐，指唐太宗的翠微宫。其遗址在今西安市长安区滦镇街道黄峪寺村。

【诵读导语】

王九思是鄠县（今西安鄠邑区）人，明孝宗弘治九年进士，官至吏部郎中。明武宗杀宦官刘瑾后，把王九思也列为刘瑾一党，贬其为寿州（今安徽寿县）同知。王九思被列为刘瑾党羽仅仅因为他是鄠县人，刘瑾是咸阳兴平人。其后不久，王便辞官回乡，与先期被贬回乡的状元康海（武功人）诗酒唱和。他是明"前七子"之一。他的《终南篇十首》借吟咏终南形胜，慨叹尘世废兴。其中一首说"龙盘虎踞奠秦关，万古青苍杳霭间。一线行空紫阁谷，三峰对鄠白云山"，颇有盛唐遗响。这和"前七子"鼓吹的"文必秦汉，诗必盛唐"的美学主张有关。这首诗的首句化用杜甫"秦中自古帝王州"诗句，一个"诧"字竟超越了老杜诗的平叙，振起全篇。"表里"句，将前句的"诧"字落到实处。三、四两句，写西安丰富的文化遗存。王九思为西安丰富的文化遗存感到自豪，而在他之前，晚唐诗人李商隐却不这么看。李商隐的《咸阳》诗说："咸阳宫阙郁嵯峨，六国楼台艳绮罗。自是当时天帝醉，不关秦地有山河。"

终南山

辋川烟雨

沈国华

右丞已去白云留①,时有高人续胜游。
花洗红妆新雨过,树连轻霭晓烟浮。
川原掩映山阴道,洲渚萦回巫峡流②。
松竹人家鸡犬寂,一声金磬落林丘③。

【诵读导语】

据《唐朝名画录》记载,王维画《辋川图》,山谷郁盘,云水飞动,意出尘外,怪生笔端。据说北宋的秦观卧病不起,有个朋友给他拿来《辋川图》,对他说:"阅此可以愈疾。"秦观很高兴,阅图之际,仿佛与王摩诘入辋川,数日疾愈。沈国华于万历四十一年任蓝田县令。他的这首诗旨在赞美辋川恍如世外桃源。首联"右丞去"而"白云留",与唐人崔颢的"黄鹤一去不复返,白云千载空悠悠"如出一辙。而"续胜游"的"高人"自然也包括他自己。颔联转写题目中的"烟雨":新雨过后,百花娇艳;轻霭飘渺,烟树迷离。颈联以山阴道上应接不暇的美景和巫峡的雄奇险峻来形容辋川风光。尾联用鸡犬寂和金磬音,构成一幅动静相生的画面,令人遐思不已。

注:

① 右丞:即王维。唐肃宗乾元二年秋,王维任尚书省右丞。仅一年,就因病去世。
② "川原"二句:写辋川的山水之美。山阴道,《世说新语》载东晋王献之语:"山阴道上行,山川自相映发,使人应接不暇。"洲渚(zhǔ):水中的小块陆地。巫峡流:巫峡位于今重庆境内,以滩多流急而著称。作者借以形容辋川山水宛如巫峡风光。
③ 磬:佛寺中使用的一种钵状物,用铜或铁铸成,既可做诵经时的打击法器,亦可敲响集合寺众。

辋川图(局部)

【诵读导语】

贺瑞麟,三原人,清末著名理学家、教育家、书法家。创建正谊书院,并执教二十余年。他有一联名言:"观万物有生意,奉一心为严师。"这首诗就体现了他的这种人生信仰。展现在他笔下的高冠瀑布怒涛飞溅,怪石凌空,以至于让作者感到天旋地转、云雷变化,指顾之间,叹为观止!虽无李白庐山瀑布"飞流直下三千尺,疑是银河落九天"的磅礴气概,但其旋天斡地的壮观气势,直可与李白一争高下。尤其是结尾一联,竟超越了唐末刘象的《咏仙掌》:"万古亭亭倚碧霄,不成擎亦不成招。何如掬取莲池水,洒向人间救旱苗。"刘象是京兆(今西安)人,生活在唐昭宗时期。他期盼华岳仙掌能捧起华山上的莲池水解救人间灾难。这和"出山润槁枯"的高冠瀑布水有天壤之别。

高冠峪龙潭

用明道先生韵①

贺瑞麟

千岩晴霭晓光红,来看龙潭第一峰②。
崖喷怒涛飞冷雨,壑悬怪石吼阴风③。
惊疑天地斡旋日④,指顾云雷变化中⑤。
便是出山润枯槁⑥,渊泉深湍不论功⑦。

注:
① 高冠峪:在今西安市长安区与鄠邑区之间。明道先生:指北宋著名理学家程颢。他曾任鄠县主簿,并与眉县的关中大儒张载联姻。
② 第一峰:即高冠峪西边的终南名峰圭峰。圭峰上有云际寺,下有草堂寺。
③ 吼:呼啸。阴风:冷风。
④ 斡旋:扭转。
⑤ 指顾:指点环顾。
⑥ 便是:即便是。润枯槁:滋润干枯的禾苗。
⑦ 湍(tuán):原指露水多,诗中借指雨露充沛。不论功:意思是渊泉深湍都不能和它相提并论。

高冠瀑布

秦 岭

黄家鼎

不知秦岭峻,但见白云低。
续断千寻径①,回环百丈溪。
风鸣疑虎啸,树密有猿啼。
赖得韩祠在②,容人息马蹄。

【诵读导语】

诗的前六句写秦岭的险峻,不身临其境者难以有此体验。作者用"但见白云低"来描写秦岭的高峻,和李白的"山从人面起,云傍马头生"相比较,少了闭塞感而多了一层辽远之境。"续断"二句,转写山路回环曲折,但却没有"柳暗花明又一村"的深情雅致,而是多了一层曲折与艰险。"风鸣"二句,用虎啸、猿啼之音反衬秦岭之静寂与空阔。尾联一转,用驻马韩公祠来暂时缓解攀登的疲劳。

黄家鼎于康熙三年(1664)任咸宁知县。任职期间曾督修关中书院。他的《秦岭题韩文公祠二首》其一写道:"感时谏佛本忠诚,远谪何愁此地行。天恐岭头无点缀,横云拥雪接先生。"作者把韩愈"云横秦岭家何在?雪拥蓝关马不前"中的惆怅换成旷达和慰藉,可谓能给千年前的韩愈解愁之人。

注:
① 续断:峰回路转,山路似断似续。
② 韩祠:即韩公祠。据说坐落在蓝关古道与商於古道的分界处牧护关。明清诗人多有吟咏。今已不存。

秦岭

节令篇

春

夏

我国是以农业立国的文明古国。因此,古人对岁时、节令有着特殊的感情。《礼记》"月令"篇就规定了"为政者"在每个月应行的"政令"。秦相吕不韦组织编写的《吕氏春秋》,其中的十二纪,每纪均以"月令"开篇。南朝梁元帝时,记述民间四时习俗的《荆楚岁时记》广为流行。宋朝陈元靓又把此书扩充为《岁时广记》,完成了从"行政"向"顺应节序"的转变。

在古代诗歌史上,六朝齐梁时的诗论家钟嵘的"气之动物,物之感人,故摇荡性情,形诸舞咏"的论断,最早揭示了岁时、节令诗歌与人的情感之间的关系,形成了与"生命律动"相关联的"伤春""悲秋"意识。

古人对四时节令的文化体认是在唐代完成的。以花草为例,唐人除了对牡丹情有独钟之外,对其他四时花草并没有特殊的偏好。就像元稹所说的那样:"不是花中偏爱菊,此花开后更无花。"爱花,只是一种对节令的顺应。

唐人喜欢牡丹,这和唐玄宗的好恶有关,而李白的《清平调词三首》则起了推波助澜的作用。牡丹花在唐人的文化理念中成为荣华富贵的象征。而被周敦颐称颂为"出淤泥而不染"的荷花,唐人却并不特别看好其亭亭玉立的姿容,反倒是欣赏它的衰败,就像李商隐说的:"秋阴不散霜飞晚,留得枯荷听雨声。"也有人把荷花看作是生不逢时的花:"芙蓉生在秋江上,不向东风怨未开。"梅花被誉为花中的志士仁人,深受宋人的推崇,可是,唐人对梅花却并不怎么钟情。这倒不是说唐人不注重个人气节与修养,而是由于他们的志向与气概较少受到政治环境的束缚,因而也就没有必要借梅花来托物寄兴。王维有一首怀念故乡的诗,对故乡的梅花也是感情平平:"来日绮窗前,寒梅着花未?"而杜甫仅仅把梅花视为能启发诗情的

秋

冬

媒介:"东阁官梅动诗兴,还如何逊在扬州。"李商隐甚至说:"寒梅最堪恨,长作去年花。"他当然是在说气话,但也能说明他对梅花并没有特殊的感情。至于杏花、桃花,只是文人表情达意的媒介。杜甫是这样写桃花的:"颠狂柳絮随风舞,轻薄桃花逐水流。"只有单相思的诗人崔护才对桃花一往情深:"人面不知何处去,桃花依旧笑春风。"

从汉代开始,文人雅士就注重节令,唐代尤甚。元日、人日、元夜、上巳、寒食、清明、七夕、中秋、重九、冬至、除夕等节日常常成为他们吟咏的题材。但也是兴之所至而已!比如在唐人笔下,清明节并不显得冷清、哀伤。如王表的《清明日登城春望寄大夫使君》:"春城闲望爱晴天,何处风光不眼前?寒食花开千树雪,清明日出万家烟。"寒食过后即清明。这时,人们可以生火吃热的食物,于是就有了"日出万家烟"的景象。唐代,在寒食结束后,皇帝还会给五品以上的京官赐火种。这就是唐诗中常常出现的"新火"。这类诗,流传下来的不多,在这不多的"新火"诗中,韩翃的《寒食》诗流布最广。

再说中秋。唐人写中秋的诗不是很多。但并不是因为他们缺乏亲情团聚意识,而是由于他们对秋的认识多停留在"秋气衰杀"这一层面。所以,他们更多地喜欢"春江花月夜"式的浪漫与温柔。而他们崇尚阳刚之气的文化精神,也使得他们对秋月尤其是中秋月不像宋人那样痴情。所以唐诗中就没有出现苏轼《水调歌头》那样的旷世杰作!

岁时与节令文化是中华传统文化的重要组成部分。了解这类诗有助于我们的心灵与自然节序产生共鸣,与四时岁月和谐共处。

元日早朝[①]

耿湋

九陌朝臣满[②],三朝候鼓赊[③]。
远珂时接韵[④],攒炬偶成花[⑤]。
紫贝为高阙[⑥],黄龙建大牙[⑦]。
参差万戟合,左右八貂斜[⑧]。
羽扇纷朱槛,金炉隔翠华[⑨]。
微风传曙漏,晓日上春霞[⑩]。
环佩声重叠,蛮夷服等差[⑪]。
乐和天易感,山固寿无涯[⑫]。
渥泽千年圣[⑬],车书四海家[⑭]。
盛明多在位,谁得守蓬麻[⑮]。

【诵读导语】

唐代宗大历年间,耿湋任左拾遗。元日早朝是一年中最为隆重的皇家盛典。早朝诗被称为"冠裳诗"。这首诗写了元日早朝的全过程。元日早朝时,文武百官都要穿上华丽的服装参加这一盛会。但是,也有人难以成行。像李嘉祐,他有一首《元日无衣冠入朝寄皇甫拾遗冉从弟补阙纾》。李嘉祐和这首诗的作者当时同朝为官,任司勋员外郎。而他缺席元日早朝竟然是因为没有新衣冠。这完全不是夸张。因为当时安史之乱刚刚平息,社会百废待兴,他没有新衣冠完全有可能。再说,他也是正员以外的"冗员",缺席了,也无关紧要。

注:
① 元日:正月初一。
② 九陌:指京城的大道。
③ 三朝(zhāo):古人认为,正月初一是岁朝、月朝、日朝,故称三朝。因此,元日早朝要分三步进行。这样早朝就会持续很长一段时间。候鼓赊:每朝拜一次,中间要停歇。鼓声再次响起,再进行下一次朝拜。赊:指时间间隔长。
④ 珂:指车上悬挂的玉珂,能发出清脆的响声。
⑤ 攒炬:汇聚起来的灯烛。
⑥ 紫贝:一种名贵的贝,因有紫斑,故名。
⑦ "黄龙"句:写宫前竖起饰有黄龙的牙旗。
⑧ 八貂:代指中书、门下省的高级官员。
⑨ "羽扇"二句:写皇宫仪仗队。
⑩ "微风"二句:意思是旭日东升,霞光万道。
⑪ "环佩"二句:写文武百官和外国使节陆续进入含元殿。服等差:穿着各式各样的服装。
⑫ "乐和"二句:音乐和谐悦耳,感天动地,预示朝廷江山永固。
⑬ 渥泽:皇帝的恩泽。
⑭ 车书:即车同轨,书同文。指天下一统。
⑮ "盛明"二句:意思是皇帝如此圣明,大家都应该出来为朝廷效力。

正月十五夜

苏味道

火树银花合①，星桥铁锁开。
暗尘随马去，明月逐人来。
游伎皆秾李②，行歌尽落梅③。
金吾不禁夜④，玉漏莫相催。

注：
① "火树"句：写各种造型的花灯照亮长安城。
② "游伎"句：意思是大街小巷的歌姬舞女一个个都像桃李花那样艳丽。
③ 行歌：边走边唱歌。落梅：指乐府歌曲《梅花落》。
④ 金吾：即金吾卫，负责京城治安保卫。

【诵读导语】

唐代人把正月十五称为上元节，也叫"烧灯节"。这一夜整个长安城张灯结彩，人们通宵达旦游乐。据说唐中宗神龙年间，"京城正月望日，盛饰灯影之会，车马骈阗，士女云集。文士皆赋诗一章，以纪其事。作者数百人，惟中书侍郎苏味道、吏部员外郎郭利贞、殿中侍御史崔液三人为绝唱"。这些诗都是写游乐、赏灯，几乎没有歌功颂德的阿谀之词。苏味道在武则天时曾经担任过宰相。此人很圆滑，外号"苏模棱"。"模棱两可"这个典故就出自他。但写上元夜观灯，却是历历在目，使人有身临其境之感。"火树银花合"描绘出长安正月十五夜满城华灯的热闹景象。尤其是在色彩的运用上，做到了"纤秾恰中"。纪晓岚说："确是元夜真景，不可移之他处。"崔液的《上元夜六首》之五是这样写人们狂欢的："公子王孙意气骄，不论相识也相邀。最怜长袖风前弱，更赏新弦暗里调。"到了中唐，人们的这种热情依旧不减，像张萧远的《观灯》："十万人家火烛光，门门开处见红妆。歌钟喧夜更漏暗，罗绮满街尘土香。星宿别从天畔出，莲花不向水中芳。宝钗骤马多遗落，依旧明朝在路傍。"从一个侧面写了唐宪宗"元和中兴"时的社会状况。

荷花灯

咏 柳

贺知章

碧玉妆成一树高①,万条垂下绿丝绦。
不知细叶谁裁出,二月春风似剪刀。

注:
① "碧玉"句:写柔弱而曼妙的柳枝。

【诵读导语】

早春的柳树,柔弱多情。那么,如何来表现这一特点呢?作者用了拟人化的手法。读这首诗的起句,会让人想起"小家碧玉"这个典故。小家碧玉和大家闺秀的沉静稳重不同,她俏丽活泼,给人以亲近感。所以,作者用其来形容早春的柳枝,抒发的是对春天的热爱。"万条"一句,正面写柳:下垂的柳枝像千万条绿色的柔丝。透过这个景象,我们能够想象出柳枝在春风中摇曳生姿的景象。第三句突然发问:这美妙的万千柳枝是哪儿来的?尾句让人禁不住拍案叫绝:二月春风似剪刀!温柔而不失警策。这比王涯《汉苑行》中的"二月春风遍柳条"奇绝而又巧妙多了!

城东早春

杨巨源

诗家清景在新春①,绿柳才黄半未匀②。
若待上林花似锦③,出门俱是看花人。

注:
① 清景:清新的风光。
② "绿柳"句:意思是杨柳尚未完全绽叶,只露出淡淡的鹅黄色。
③ 上林:原指汉代范围上林苑,这里泛指长安城郊。

【诵读导语】

春回大地,万象更新。而早春时节的草木更新尤其能显出勃勃生机,触发诗人的创作灵感。这正是诗人喜爱早春的原因。所以,这首诗,与其说是一首赞美早春的诗,还不如说是作者的一种创作理念的体现:善于发现新境界。"若待"二句则恰恰显示了作者不同凡俗的审美趣味:不趋流俗。这就更进一步提高了"诗家清景"的品位,和韩愈的"早春"诗有异曲同工之妙。作者还有一首《长安春游》:"凤城春报曲江头,上客年年是胜游。日暖云山当广陌,天清丝管在高楼。芫葱树色分仙阁,缥缈花香泛御沟。桂壁朱门新邸第,汉家恩泽问蒯侯。"在写春游的时候,微微透露出对朱门侯王的讽意。

早春呈水部张十八员外二首其一

韩 愈

天街小雨润如酥①,草色遥看近却无。
最是一年春好处②,绝胜烟柳满皇都。

注:
① 天街:京城长安的大街。
② 最是:正是。

【诵读导语】

　　这是韩愈写给水部员外郎张籍的诗。大概事先韩愈约张籍同游,而张籍没有赴约,于是韩愈就在自己游览之后写了两首诗"呈上"。咏春诗,一般多写姹紫嫣红的仲春美景。而韩愈却避开"烟柳满皇都"的仲春景色,着力于写"早春"时的春雨、春草。尤其是"草色遥看近却无"被称为"传神"之笔。那么,韩愈是如何写晚春的呢?他去城南韦曲游览时写了一首《晚春》:"草树知春不久归,百般红紫斗芳菲。杨花榆荚无才思,惟解漫天作雪飞。"在这首诗里,他赋予草、树以灵性,用百般红紫让生命焕发出最后的光彩。而诗人所瞧不起的杨花柳絮恰恰给春天画了一个句号。据说苏轼对"草色遥看近却无"一句很欣赏,却又有"眼前有景道不得"的遗憾,于是改写"初冬":"荷尽已无擎雨盖,菊残犹有傲霜枝。一年好景君须记,最是橙黄橘绿时。"不愧为一代文豪的神来之笔。

游春图

一百五日夜对月①

杜甫

无家对寒食,有泪如金波②。
斫却月中桂③,清光应更多。
仳离放红蕊④,想象颦青娥。
牛女漫愁思,秋期犹渡河⑤。

注:
① 一百五日:从冬至到寒食共一百零五天,故称寒食为一百五日。
② 金波:月光。
③ 斫却:砍掉。
④ 仳(pǐ)离:离别。放红蕊:春花开放。
⑤ "牛女"二句:意思是牛郎织女不要太愁了,七夕那天就能团圆。作者借以写自己盼望和家人团聚。

【诵读导语】

从元日算起,寒食是一年之中的第五个重大节日。对于寒食,唐人并不注重于晋文公和介子推的故事。杜甫的这首诗就写自己盼望和家人团聚。寒食本来就是一个不动烟火的冷清节日,更何况作者当时被安史叛军羁押在长安城。他孤身一人,不免想家。唐人有个习惯,想家了,常常会望月。可是,寒食在月初,月亮是上弦月,大半晦暗。于是他就生出奇想:把月中的桂树砍去,这样一来,月光就会普照大地。这就是"斫却月中桂,清光应更多"。南宋的罗大经说这两句诗显示了杜甫"胸襟阔大",那是弄错了!杜甫说这话的时候,正好是怨气在胸,心情压抑,故而才写出这种违背常理却富有情趣的诗句。这和李白在洞庭湖写的"刬却君山好,平铺江水流"完全是两种心情。

寒食

寒食

韩翃

春城无处不飞花①,寒食东风御柳斜。
日暮汉宫传蜡烛,轻烟散入五侯家②。

注:
① 春城:长安城。
② 五侯家:指朝廷中的贵戚。

【诵读导语】

寒食在清明前二日。这两天禁火。第二天黄昏时,人们互赠火种,称作新火。而朝廷在这一天傍晚要给五品以上京官赐新火。据说唐德宗很欣赏这首诗。当时朝廷正好要补充一位驾部郎中兼知制诰,唐德宗对吏部的官员说:把这个职务给韩翃。当时的江淮刺史也叫韩翃,吏部官员不知道给哪个韩翃,就把江淮刺史韩翃和因病辞职在南阳老家的韩翃都报了上去。唐德宗看后,随即把这首诗写下来,并在诗的后面写了四个字——"与此韩翃"。因一首诗而得官的,韩翃恐怕是第一个!作为一首节令诗,而且又是写宫禁之事,此诗藻丽精工而又不趋流俗,难怪获得唐德宗的激赏。唐末的李山甫有《寒食二首》,写寒食风物如画:"柳带东风一向斜,春阴澹澹蔽人家。有时三点两点雨,到处十枝五枝花。"写景倒也不错,可惜在诗的结尾却说自己因落第而"泣岁华",这就与"寒食"无关了。

寒食

寒食夜

韩 偓

恻恻轻寒翦翦风①,杏花飘雪小桃红②。
夜深斜搭秋千索③,楼阁朦胧烟雨中。

注:
① 恻恻轻寒:犹言浅寒、轻寒。翦翦:风比较冷。
② "杏花"句:民间有"桃花开,杏花落"的谚语。而且杏花多为白色。故云。
③ "夜深"句:据《开元天宝遗事》记载,天宝年间,"宫中至寒食节,竞竖秋千,令宫嫔辈戏笑以为宴乐"。民间在清明荡秋千的习俗即源于此。

【诵读导语】

韩偓是晚唐诗坛上少有的才子诗人。其诗风格清丽,富有才情。这首诗题目是"寒食夜",但诗的关键在第三句的"秋千"。在唐宋诗歌中。秋千是和寒食、清明联系在一起的游乐工具。所谓"斜搭秋千索",是说秋千不是静静地垂在秋千架下,而是斜搭在支撑秋千的柱子上。虽然作者的目光集中在烟雨中的秋千索上,但他的脑海里浮现的则是白天曾经在那里荡过秋千的意中人。韩偓《香奁集》有一百首诗,多写闺阁之事。其中有十首写到寒食与秋千。而且,在秋千架前曾经几次出现过"垂手而立,娇羞不肯上秋千"的女子。所以,"夜深斜搭秋千索"是一句睹物思人的朦胧意象。就像他在《春尽》诗里写的:"人闲易有芳时恨,地胜难招自古魂。"要是点破了,就像南宋词人吴文英的《风入松》写的那样:"黄蜂频扑秋千索,有当时、纤手香凝。"反而失去了含蓄之美。

杏花

长安清明

韦 庄

蚤是伤春梦雨天①,可堪芳草更芊芊。
内官初赐清明火②,上相闲分白打钱③。
紫陌乱嘶红叱拨④,绿杨高映画秋千。
游人记得承平事⑤,暗喜风光似昔年。

注:
① 蚤:通"早"。
② 内官:宦官。
③ 白打:清明时,唐宫廷有蹴鞠、拔河、荡秋千等游乐项目。蹴鞠时,二人对蹴,叫白打。胜者可获彩头。王建《宫词》云:"寒食内人长白打,库家先散与金钱。"
④ 红叱拨:马名。天宝中,大宛曾向唐玄宗进献过六匹汗血马,有一匹取名红叱拨。
⑤ 承平:天下太平。

【诵读导语】

韦庄生当唐朝末年,社会动乱不堪。就像韩偓在《乱后却至近甸有感》诗里写的:"关中忽见屯边卒,塞外翻闻有汉村。"韦庄的这首清明诗,特意点出是"长安清明",就已经不是纯粹的节令诗,而是带有明显的感怀色彩。首句中的"伤春",其实是"伤时"。因为伤时,所以,"内官"走马赐火、"上相"分钱,都显得与今日的社会现实不协调。尾联"游人记得承平事,暗喜风光似昔年",只能理解为是作者对今日乱世的无可奈何的伤感。

大明宫北墙遗址(墙外即"禁苑")

长安春望

卢 纶

东风吹雨过青山,却望千门草色闲①。
家在梦中何日到?春生江上几人还②?
川原缭绕浮云外,宫阙参差落照间。
谁念为儒逢世难,独将衰鬓客秦关③。

【诵读导语】

唐代宗广德元年(763)十月,吐蕃攻入长安,唐代宗逃往陕州(今河南陕县),卢纶被困京城。十月下旬,郭子仪击溃吐蕃,收复长安。这首诗当写于第二年春天,伤乱之意溢于言表。王勃诗云"山川云雾里,游子几时还",不如卢纶的"家在梦中何日到?春生江上几人还?"原因在于这一联诗具有"言不尽意"之妙。颈联"浮云""落照",言浅意深,盛唐人不过如此!卢纶是蒲州(今山西永济)人,结尾的"客秦关"也是迫不得已。唐人对春天的敏感多是和人生的青春岁月联系在一起的。尤其是在社会动乱时这种情绪更其明显。就像韩偓说的:"四时最好是三月,一去不回唯少年。"卢纶的这首诗虽然没有青春稍纵即逝的叹息,但感时伤乱的倾向是很明昂的。

注:
① "却望"句:写长安城荒草遍地。与杜甫"城春草木深"意同。
② 江上:曲江池上。
③ "谁念"二句:写自己逢世难而一筹莫展,只能寄居长安。

春望

延兴门外作[①]

韦 庄

芳草五陵道[②],美人金犊车[③]。
绿奔穿内水,红落过墙花。
马足倦游客[④],鸟声欢酒家。
王孙归去晚,宫树欲栖鸦。

【诵读导语】

韦庄生活的时代,唐王朝已经日薄西山,但长安豪门权贵以及游侠仕女们对此并不十分在意,春天依旧是他们纵情欢乐的大好时光。首句是作者写其在延兴门外所见。中间两联写春景。"绿奔穿内水,红落过墙花"两句,与杜甫游何将军山林中的"绿垂风折笋,红绽雨肥梅"同一机杼。但"穿""过"二字的使用,让春景更富有动态之美:潺潺碧水从芙蓉园内流出,飘落的红花随风飞过高墙。"马足"二句,一静一动,写游人流连忘返。尾联以王孙收结,回应首联的美人,首尾圆融。

注:
① 延兴门:唐长安城东面三座城门中的南门。其南即曲江池。其遗址在今铁炉庙村稍南。
② "芳草"句:汉五陵一带多游侠豪贵之家,此借以比喻长安城游侠少年。
③ 金犊:即黄牛。牛性缓,故美女少妇多乘牛车以游春。车:音chā。
④ "马足"句:以马疲乏借喻游人疲倦。

铁炉庙村南口延兴门外遗址

赏牡丹

刘禹锡

庭前芍药妖无格①，池上芙蕖净少情②。
唯有牡丹真国色③，花开时节动京城。

注：
① 妖无格：虽然妖艳，但没有品位。
② 芙蕖：莲花。净少情：莲花虽然出淤泥而不染，但缺少情韵。
③ 真国色：真正称得上是国色天香。

【诵读导语】

中唐诗人张祜有一首诗写他为何要到长安："三十年持一钓竿，偶随书荐入长安。由来不是求名者，唯待春风看牡丹。"可见唐代长安牡丹誉满天下。但对牡丹真正情有独钟的则是达官贵人等有闲阶层。由于这些人的嗜好，才出现了"花开时节动京城"的狂热景象。刘禹锡称牡丹为"国色"，与其同一时代的诗人李正封也称牡丹为"国色"。《唐诗纪事》记载：有一次，唐文宗在御园赏牡丹，问身边的程修己：现在京城传唱的牡丹诗，你认为谁的最好？程修己回答："中书舍人李正封的'天香夜染衣，国色朝酣酒'。"于是后人就把牡丹称为"国色天香"。

唐末诗人徐夤有《牡丹花二首》，其一前四句为："看遍花无胜此花，剪云披雪蘸丹砂。开当青律二三月，破却长安千万家。"其二前四句为："万万花中第一流，浅霞轻染嫩银瓯。能狂绮陌千金子，也惑朱门万户侯。"虽然也写人们对牡丹的钟爱，但是都没有刘禹锡的这首诗来得爽快。

牡丹花

宫 词

王 涯

迥出芙蓉阁上头①,九天悬处正当秋。
年年七夕晴光里②,宫女穿针尽上楼。

注:
① 迥出:高出。
② 晴光:此指月光。

【诵读导语】

王涯从唐德宗贞元十八年入仕,到唐文宗大和九年"甘露之变"中被宦官杀死,历经六朝,多在朝廷任职,所以很熟悉宫中故事。这首宫词,写七夕之夜宫女乞巧的情形。王建也有一首《宫词》写七夕:"画作天河刻作牛,玉梭金镂彩桥头。每年宫女穿针夜,敕赐新恩乞巧楼。"把这两首诗对照起来看,就会发现:每逢七夕,皇宫中都要搭建彩楼,名曰乞巧楼。后宫的宫女们在七夕之夜纷纷登楼,在月光下比赛穿针。这对久闭宫中的宫女来说,是很难得的开心事。可是,晚唐诗人罗隐却不这么看,他的《七夕》诗说:"月帐星房次第开,两情唯恐曙光催。时人不用穿针待,没得心情送巧来。"

天仙配

七夕

温庭筠

鹊归燕去两悠悠①，青琐西南月似钩②。
天上岁时星右转③，世间离别水东流。
金风入树千门夜④，银汉横空万象秋。
苏小横塘通桂楫⑤，未应清浅隔牵牛⑥。

【诵读导语】

七夕诗多写牛郎织女故事。温庭筠的这首诗虽然也写了七夕夜景，但那只是为了陪衬"世间离别"。看来诗人曾经的意中人早已如东流之水，一去不返，而他自己还在期盼着能够重逢。温庭筠的恋情诗多显得浓艳绮丽，而这首七夕诗却清丽灵巧。

李商隐也曾借七夕来怀念逝去的妻子："鸾扇斜分凤幄开，星桥横过鹊飞回。争将世上无期别，换得年年一度来。"人间一别，再无相见之日。难怪诗人要说想求得像天上的牛郎织女那样一年一度相逢，也不可得。

注：
① 鹊归：传说七夕之夜，人间的喜鹊都要飞到银河上搭起鹊桥，让分居在银河两边的牛郎、织女在桥上相会。燕去：即燕子离开。暗指秋天到来。
② 青琐：代指皇宫。西南月似钩：七夕的上弦月是从西南方升起的。
③ 星右转：即向西移动。古人称西方为右。
④ 金风：西方属金，故西风称金风。宋秦观《鹊桥仙》："金风玉露一相逢，便胜却人间无数。"
⑤ 苏小：即苏小小，南朝时南齐钱塘著名妓女。后世文人多用来指代意中人。横塘：地名，在今苏州枫桥一带。古典诗歌中多指代意中人所居之地。桂楫：代指船。
⑥ 未应：不应。

七夕

【诵读导语】

起首一句的"云物凄清"切合题目中的"晚秋",为全诗确定了抒情基调。"汉家宫阙动高秋"的"动"字,与前一句的"流"字相呼应:清秋的早晨,霞光舒展,瞩目良久,仿佛宫阙流动。再配以"拂"字,使得首联蕴藉灵动。而"残星几点"又照应首句的"曙"字,与下面的"长笛一声"相对,再写晚秋的清幽旷远。难怪人们称其为千古绝唱!据说杜牧很欣赏这首诗的第二联,吟咏不已,并给赵嘏送一雅号"赵倚楼"。第三联用篱菊半开、莲花落尽写残秋。全诗有灵气中涵、不可摸索之妙。残星几点、长空雁过、天光欲曙、长笛一声,调高气畅,乡思之情水到渠成。

长安晚秋

赵 嘏

云物凄清拂曙流①,汉家宫阙动高秋②。
残星几点雁横塞,长笛一声人倚楼。
紫艳半开篱菊静,红衣落尽渚莲愁。
鲈鱼正美不归去③,空戴南冠学楚囚④。

注:
① 云物凄清:是说睹晚秋景物使人心生清爽之感。云物:云气、云彩。曙:霞光。
② 汉家:以汉代唐。
③ "鲈鱼"句:赵嘏是山阳(今江苏淮安)人。《世说新语》:"张季鹰辟齐王东曹掾。在洛,见秋风起,因思吴中菰菜羹、鲈鱼脍,曰:'人生贵得适意尔,何能羁宦数千里以要名爵?'遂命驾便归。"作者以此代指乡思。
④ 南冠:原指俘虏,此比喻处境窘迫。

【诵读导语】

从结尾一句看,这首诗是写七夕。描写的对象是一位宫女。七夕之夜,她坐在凉如秋水的台阶上,抬头看着天上的牵牛织女星。前三句都是写景,但"秋光冷""夜色凉"显然是那位看牵牛织女星的女子的感受。如果有人陪伴,她不可能感到"凉""冷"。所以这首诗借七夕之夜牛郎织女相会反衬诗中那位女子的孤独与幽怨。盛唐时的崔颢也有一首《七夕》诗,后四句说:"长信深阴夜转幽,瑶阶金阁数萤流。班姬此夕愁无限,河汉三更看斗牛。"虽然也是写宫女的幽独,但是太直白了,不如杜牧的这首诗含蓄凄婉。

秋 夕

杜 牧

银烛秋光冷画屏①,轻罗小扇扑流萤。
天阶夜色凉如水②,坐看牵牛织女星。

注:
① "银烛"句:写秋夕室内秋光冷照,颇觉清冷。画屏:屏风。
② 天阶:宫中的台阶。

长安秋望

杜 牧

楼倚霜树外[1]，镜天无一毫[2]。
南山与秋色[3]，气势两相高[4]。

注：
① 霜树：经霜的树木枝叶稀疏。
② 镜天：天空明亮如镜。毫：纤尘。
③ 南山：即终南山。
④ 气：秋气。势：终南山的气势。

【诵读导语】

唐代诗人中，能把秋天写得令人心旷神怡的，最初是初唐的王勃。他在《滕王阁序》中说的"落霞与孤鹜齐飞，秋水共长天一色"的千古名联为人们赞美秋色时常常引用。接着是中唐时期人称"诗豪"的刘禹锡。他有两首《秋词》，其一："自古逢秋悲寂寥，我言秋日胜春朝。晴空一鹤排云上，便引诗情到碧霄。"其二："山明水净夜来霜，数树深红出浅黄。试上高楼清入骨，岂如春色嗾人狂。"两首诗都从整个秋色立意抒怀，赞美秋色高旷清爽，令人心胸开阔。晚唐诗人杜牧甚至说秋天是"霜叶红于二月花"美好季节。而这首《长安秋望》则把所描写的秋色限定在长安。尤其是"南山与秋色，气势两相高"，更为警绝！刘克庄说这两句诗不如杜甫的"千崖秋气高"。其实杜牧更胜一筹：他是把"南山"与"秋气"合说，杜甫仅仅写了秋色一览无余。所以，翁方纲就说："'南山与秋色，气势两相高'，此必是陕西之终南山。若以咏江西之庐山、广东之罗浮，便不是矣。"翁方纲之所以这样说，恐怕长安的帝王之气起了关键作用。

长安秋望

【诵读导语】

九月九日,是传统的重阳节。唐人有时称其为"黄花节"或"重九"。如王涯《九月九日勤政楼下观百僚献寿》就说:"御气黄花节,临轩紫陌头。"这一天,民间有登高、饮酒、赏菊的习惯。如果不能饮酒赏菊,那就不成其为重阳节了,就像杜甫说的:"竹叶于人既无分,菊花从此不须开。"尤其是对于客居他乡的人来说,任何一个传统节日,都会使他们产生思乡之情。这是人之常情。可是,在王维之前,人们对"九日"有亲情体验,却没有诗意的表达。王维的"每逢佳节倍思亲"把人类的亲情用朴实无华的语言加以凝固,从而成为中国人用来表达亲情至贵的名言警句。后来的杜牧也写有"九日"诗,虽然不是在长安写的,但可以看出重九登高已经在江南江北很流行。诗的前六句说:"江涵秋影雁初飞,与客携酒上翠微。尘世难逢开口笑,菊花须插满头归。但将酩酊酬佳节,不用登临恨落晖。"和王维"九日"诗绵绵的思亲之情相比,杜牧就显得豪爽真率。

九月九日忆山东兄弟①

王 维

独在异乡为异客,每逢佳节倍思亲。
遥知兄弟登高处,遍插茱萸少一人②。

注:
① 山东:汉唐时期称华山以东地区为山东。
② 茱萸:一名越椒,能散发香气。据说将它插在门楣,或者装入小袋子佩戴在身上,可以祛除邪气。

九月九日忆山东兄弟

九日蓝田崔氏庄

杜 甫

老去悲秋强自宽①,兴来今日尽君欢。
羞将短发还吹帽,笑倩旁人为正冠②。
蓝水远从千涧落,玉山高并两峰寒。
明年此会知谁健?醉把茱萸仔细看。

【诵读导语】

题目中的崔氏是王维的妻弟崔兴宗,曾在朝中任右补阙,与杜甫同属谏职。他有别业在蓝田东山。唐肃宗乾元元年夏,杜甫被贬为华州司功参军。重阳节时,他去蓝田拜访崔兴宗。崔当时已自称处士,可见已经退出官场。而杜甫是被排挤出长安的。所以,二人还是有共同语言的。正因为如此,他们举杯畅饮,以释愁怀。尤其是"蓝水远从千涧落,玉山高并两峰寒"一联,更是雄杰挺拔,唤起一篇精神。南宋的杨万里特别喜欢这首诗,认为"笔力拔山"!至于"明年此会知谁健"的惆怅,则和他仕途失意有关。高适有一首《九日》诗说:"纵使登高只断肠,不如独坐空搔首。"不如杜甫气长句雅。尾句的"醉把茱萸仔细看",有人说是看"茱萸",那就错了!还是纪晓岚细心,他说:茱萸有什么好看的?是看蓝水、玉山。第二年秋,杜甫就辞官西行,最后寓居成都。他后来写的"九日"诗,已经没了"雄杰挺拔"之气,如《九日五首》之一:"重阳独酌杯中酒,抱病起登江上台。竹叶于人既无分,菊花从此不须开。殊方日落玄猿哭,旧国霜前白雁来。弟妹萧条各何往?干戈衰谢两相催。"人们都喜欢"竹叶于人既无分,菊花从此不须开"一联以真对假的高超修辞,却忘记了当时作者所处的干戈遍地、衰老相催的窘境。

注:
① 强自宽:勉强地自我宽慰。
② "羞将"二句:据《晋书》载,孟嘉是桓温的下属。重阳节时游龙山,一阵风把孟嘉的帽子吹落在地,而孟嘉竟未发觉。桓温让孙盛写一篇文章嘲笑孟嘉,成为晋宋风流佳话。杜甫则反用其事,说自己时时提防风把帽子吹落而请人正之。倩:请。

九日蓝田崔氏庄

朔旦冬至摄职南郊因书即事①

权德舆

大明南至庆天正②,朔旦圜丘乐九成③。
文轨尽同尧历象④,斋祠忝备汉公卿⑤。
星辰列位祥光满⑥,金石交音晓奏清⑦。
更有观台称贺处⑧,黄云捧日瑞升平。

【诵读导语】

　　权德舆在唐德宗朝曾担任礼部侍郎。诗题中的"摄职"就是以礼部侍郎的身份主持祭天仪式。唐代皇帝一般在登基、冬至、正月上辛和孟夏率领百官祭天。这是君权神授、天人感应文化观念的体现。所以,祭天是最隆重的国家盛典。杜甫因守长安多年,一直没有步入仕途的机会。唐玄宗天宝九载,当他获悉朝廷准备"有事于南郊"时,立即给唐玄宗进献《三大礼赋》。唐玄宗阅后,认为写得不错,就命礼部试文章,终于授予杜甫太子右卫率府胄曹参军之职。三篇文章,获一官职,这比他参加进士考试轻松多了。

注:
① 这首诗写冬至日在南郊举行祭天仪式。朔旦:初一早晨。
② 大明:太阳。
③ 圜丘:即皇帝祭天之坛。在唐长安城南门明德门外东二里许。其形制为圜丘,以象征天。通高三丈三尺,分四层。由上至下,分别为:上层,设天神座;二层,设黄帝、青帝、赤帝、白帝、黑帝五方帝及日、月七座;三层,设北辰、北斗、天一、太一、紫薇五星等星座;四层,设二十八宿等星座。乐九成:帝王之乐奏九遍才告成功,故云。
④ 文轨尽同:即书同文,车同轨。意谓天下一统。
⑤ 忝:自谦之词,意谓愧居其位。
⑥ 星辰列位:整个天坛,从上至下,各方星辰都有固定位置。
⑦ 金石:祭天时用钟磬等传统的金石乐器演奏乐曲。
⑧ 观台:指天坛外围搭建的观看祭天大礼的看台。

唐圜丘遗址

杜位宅守岁[1]

杜 甫

守岁阿咸家[2]，椒盘已颂花[3]。
盍簪喧枥马[4]，列炬散林鸦[5]。
四十明朝过[6]，飞腾暮景斜[7]。
谁能更拘束，烂醉是生涯。

【诵读导语】

除夕是阖家团聚、辞旧迎新之夜。对于一般人来说，除夕不仅是辞旧迎新，而且还有"天增岁月人增寿"一类祝颂。是夜，人们达旦不眠。但是，对于远离家乡、仕途蹉跎的人来说，总会产生满怀愁绪。像高适的《除夜作》："孤馆寒灯独不眠，客心何事转凄然？故乡今夜思千里，双鬓明朝又一年。"杜甫写这首诗的时候，已经为求仕在长安奔波了五年，仍孑然一身。但是，他在杜位宅守岁是以长辈的身份来的。他看不惯那些在杜位面前阿谀逢迎的附势之徒，所以说：我才不拘束呢，要喝得一醉了之。说到除夕诗，不能不提及史青这个人。开元初，他给唐玄宗上书自荐，说能诗。唐玄宗就给他出了个题目《除夜》。史青随即写道："今岁今宵尽，明年明日催。寒随一夜去，春逐五更来。气色空中改，容颜暗里回。风光人不觉，已著后园梅。"想不到这样的顺口溜竟然受到唐玄宗的赏识，马上授予他左监门卫将军之职。

注：
① 杜位：杜甫的侄子、李林甫的女婿。其宅在曲江池西畔。
② 阿咸：代指杜位。一作阿戎，即兄弟辈。但若作戎，则和杜甫辈分相矛盾。杜甫在秦州时，写有《示侄佐》，可证杜位与杜佐同辈。按照唐人取名习惯，不可能出现杜甫与杜佐是叔侄，而杜位与杜甫是兄弟的事。比如王维的弟弟叫王缙，其名字的偏旁是一样的。
③ 椒盘颂花：指除夕夜设宴。晋宋时，正月初一用盘子盛花椒，饮酒时，取几粒放入酒里。
④ 盍（hé）簪：指朋友聚会。喧枥马：指参加聚会的人很多。枥：马厩。
⑤ "列炬"句：意思是宴会结束时，灯烛成行，惊散栖息在树上的鸟雀。
⑥ "四十"句：意思是过了除夕，自己就四十一岁了。过：成为过去。
⑦ "飞腾"句：感慨时间过得飞快。

香炉（陕西历史博物馆藏）

游览篇

以游览为题材的诗歌是诗人性灵的重要载体。

古都长安丰富的人文景观和文化遗存成为文人游憩览胜、放逸诗怀的精神家园。长安城及其四郊的私家园林、别业、林亭、山池以及自然山水是中国山水文化的重要组成部分。因此，以游览为题材的诗歌既是传统的人文精神与山水审美的综合体现，又是物质文明与精神文明的有机结合。唐中宗的"四郊秦汉国，八水帝王都"是对古都长安人文胜境的高度概括。从唐玄宗的《过大哥山池题石壁》的描写，可以想见皇亲国戚的林池缩龙成寸之功："澄潭皎镜石崔巍，万壑千岩暗绿苔。林亭自有幽贞趣，况复秋深爽气来。""往往花间逢彩石，时时竹里见红泉。"这是沈佺期笔下太平公主山庄的胜境。即便是山叟野老的竹里茅舍，在游览者的笔下也别有一番情趣："中庭井阑上，一架猕猴桃。石泉饭香粳，酒瓮开新槽。爱兹田中趣，始悟世上劳。"（岑参《宿太白东溪张老舍即事寄舍弟侄》）这些徜徉于山水园林的文人，集诗人、逸人、雅士于一身，虽然没有遁入山林，却能领略山水林泉的乐趣；未脱离红尘，却能远离红尘的喧嚣。客观自然与人化的自然融为一体，是这类诗歌最突出的特点。

游览文化遗迹的诗属于咏史怀古的范畴。诗人借咏古迹抒发对历史人物或历史事件的独特见解。如章碣的《焚书坑》："竹帛烟销帝业虚，关河空锁祖龙居。坑灰未冷山东乱，刘项原来不读书。"丁尧臣的《阿房》："百里骊山一炬焦，劫灰何处认前朝？诗书焚后今犹在，到底阿房不耐烧。"都是写秦始皇焚书坑儒，两个人的着眼点就不一样。

郑驸马宅宴洞中[1]

杜 甫

主家阴洞细烟雾[2],留客夏簟青琅玕[3]。
春酒杯浓琥珀薄,冰浆碗碧玛瑙寒。
误疑茅堂过江麓,已入风磴霾云端。
自是秦楼压郑谷[4],时闻杂佩声珊珊。

注:

① 郑驸马:即郑潜曜,娶唐玄宗女儿临晋公主。其宅在潏水西岸、神禾塬东(今小江村)。其宅园内有窑洞名莲花洞。
② 主家:即公主家。阴洞:指凉爽的窑洞。
③ 簟(diàn):竹凉席。青琅玕:翠绿色的竹席。
④ 秦楼:秦穆公的女儿弄玉和丈夫箫史住的地方。郑谷:汉朝隐士郑子真隐居的地方。在今咸阳市礼泉县烟霞镇。

【诵读导语】

杜甫在长安求仕期间,曾结交了不少王公贵戚。驸马郑潜曜就是其中的一位。他在《奉赠韦左丞丈二十二韵》中说自己"朝扣富儿门,暮随肥马尘。残杯与冷炙,到处潜悲辛",就是指这种攀龙附凤的事。这位郑驸马的宅园在今西安市长安区申店村东五里许,离长安城确实很远。但是,杜甫却登门拜访。从郑驸马招待他的宴席上的摆设和美酒看,绝不是残杯、冷炙。由于是夏日,所以大家坐着凉爽的竹席,喝的是琥珀色的春酒。这种招待,让他忘了夏日的炎热,仿佛飘过江麓,直上云端。虽无飘飘欲仙之感,倒也舒心惬意。这就使得他在诗的结尾对郑驸马表示由衷的赞美:你真是神仙般的隐士!杜甫之所以能在郑驸马家受到如此好的招待,还有一个原因:他和郑驸马的叔父郑虔关系很密切。后来临晋公主的母亲皇甫淑妃去世后,杜甫就给她撰写神道碑。碑文中还不忘把自己写上一笔:"甫忝郑庄之宾客,游贵主之园林。"现在小江村尚有许多户人家姓郑,或是郑驸马的后裔。

杜甫诗意图 陆俨少

陪郑广文游何将军山林十首选二①

杜 甫

百顷风潭上②，千章夏木清③。
卑枝低结子，接叶暗巢莺④。
鲜鲫银丝脍，香芹碧涧羹。
翻疑杕楼底⑤，晚饭越中行⑥。

剩水沧江破，残山碣石开⑦。
绿垂风折笋，红绽雨肥梅。
银甲弹筝用⑧，金鱼换酒来。
兴移无洒扫，随意坐莓苔⑨。

【诵读导语】

何将军山林是唐代长安城南比较有名的私家园林，与长安城正南门明德门在一条直线上。这两首诗是杜甫陪郑虔游何将军山林时写的。第一首写乘船游于湖上。湖的周围林木茂密，莺声悦耳。接写何将军在船上设宴招待客人。菜肴中，诗人特意点出"银丝脍""香芹羹"，都是就地取材。湖中有鲫鱼，水边有香芹。尤其是在船上就餐，使他回忆起在越中游览时的情景。第二首则是写登岸后的情事。"绿垂风折笋，红绽雨肥梅"是杜甫精于修辞的名联。本来是在竹园漫步时，看见被大风吹断了的嫩竹，以及一场雨过后，枝头的梅子又红又大。生活经验告诉人们：人的视觉对颜色最为敏感。所以作者就把形容竹笋的绿字和形容梅的红字放在句首，给人以非常醒目的感觉："绿垂风折笋，红绽雨肥梅。"色彩艳而不妖，颇有田园风味。"银甲"四句，则是对"兴移"的具体描写：大家席地而坐，听音乐，品美酒。将山林游乐之趣表现得颇为完美。

注：

① 郑广文：即郑虔，时任广文馆博士。这里称其职务。何将军山林：在今西安市长安区何家营。潏水从村北流过。至今何家营以何姓为主，而何家营鼓乐就带有唐朝宫廷音乐的特点。许多杜诗注本以讹传讹，说何将军山林在韦曲西边的塔坡村。
② 百顷风潭：指引潏水而成的湖泊。
③ 章：棵。
④ 接叶：浓密的树叶。
⑤ 柁（duò）楼：船上操柁的房子。因高于船舱，故曰柁楼。柁：同"舵"。
⑥ "晚饭"句：意思是好像在越地吃饭的情景。
⑦ "剩水"二句：这一联虽然用了"残山""剩水"两个词，但却凸显了何将军山林的地貌：山林中的水似乎是从沧江中分出来的；山林中的堆石而成的山仿佛是海边的碣石。诗中的水，其实就是指潏水。何家营地势较高，山林中有水，又有假山，所以作者把它和沧江、碣石联系起来。剩水：留下来的水。
⑧ 银甲：乐伎弹琴、筝、琵琶时戴的指套。
⑨ "兴移"二句：主人情致变化，舍舟登岸，很随意地坐在草地上。

陪诸贵公子丈八沟携伎纳凉晚际遇雨二首[①]

杜 甫

落日放船好,轻风生浪迟。
竹深留客处,荷净纳凉时。
公子调冰水,佳人雪藕丝。
片云头上黑,应是雨催诗。

雨来沾席上[②],风急打船头。
越女红裙湿,燕姬翠黛愁。
缆侵岸柳系[③],幔卷浪花浮。
归路翻萧飒,陂塘五月秋[④]。

【诵读导语】

长安城西南角的丈八沟原是一条漕渠。其开掘的目的是向城西转运粮食、货物,但是到了夏天,却变成了有闲阶层游乐纳凉的好去处。关于丈八沟的诗,唐诗中恐怕只有杜甫的这两首存世。从游乐纳凉的角度看,这两首诗没有什么特出之处。唯一值得注意的是,杜甫在第一首诗中写了当时长安城流行的夏季饮食——"调冰水""雪藕丝"。这是唐代其他诗人所没有写到的。

注:

① 丈八沟:天宝初年在唐长安城西南开凿的一条漕渠,同时也解决了城西的供水问题。今仅存丈八西路陕西宾馆内一段。
② 沾:淋湿。席:座席。
③ 侵:靠近。
④ 秋:凉爽。

丈八沟遗址

【诵读导语】

今西安鄠邑区有唐代著名的游览胜地渼陂湖。终南山的紫阁峰近在咫尺，所以，这里山水交相辉映，景色分外宜人。杜甫诗集中，有五首诗写渼陂湖。尤其是他晚年流落夔州时创作的怀念京城长安的《秋兴八首》，其中第八首专门写渼陂，而且留下了流传千古的名联："香稻啄余鹦鹉粒，碧梧栖老凤凰枝。"足见渼陂湖留给他的印象极其深刻。而这首诗也给后人留下了难以磨灭的印象。北宋末年，渼陂湖修建有"子美祠"，因杜甫的《渼陂行》中有"丝管啁啾空翠来"的诗句，又取名"空翠堂"。清朝末年，陕西三原人贺瑞麟有《渼陂》诗："鄠杜城西古渼陂，征歌载酒泛舟时。世事沧桑经几变，新堂空翠杜公祠。"

城西陂泛舟[①]

杜 甫

青蛾皓齿在楼船[②]，横笛短箫悲远天[③]。
春风自信牙樯动[④]，迟日徐看锦缆牵。
鱼吹细浪摇歌扇，燕蹴飞花落舞筵[⑤]。
不有小舟能荡桨，百壶那送酒如泉[⑥]。

注：
① 城西陂：指西安市鄠邑区城西的渼陂湖。
② 青蛾皓齿：指歌姬舞女。
③ "横笛"句：意思是悠扬的歌声在湖上回荡。
④ 牙樯：原指船桅杆，这里借指船。
⑤ 燕蹴飞花：燕子追逐飘落的飞花。蹴：原指踏，此指追逐。
⑥ "不有"二句：写小船不断地给湖中的大船送酒。

渼陂湖遗址

观 猎

王 维

风劲角弓鸣,将军猎渭城①。
草枯鹰眼疾②,雪尽马蹄轻。
忽过新丰市,还归细柳营③。
回看射雕处,千里暮云平。

注:
① 渭城:诗中泛指渭河以北的原野。
② 疾:锐利。
③ "忽过"二句:写射猎场面很开阔。新丰在长安城东数十里,细柳在长安城西南。诗中还代指将军的军营。

【诵读导语】

这是王维诗中少见的"格高,语健"的好诗。起首一句,先声夺人!此句追写将军出猎。中间两联,写狩猎场面,造语精工,神凝象外。"草枯"二句,同是奇语,上句险,下句秀。写射猎之轻快、迅疾,则以"忽过""还归""回看""暮云"带出。全诗有一种"雄悍"之气。通篇不出"观"字,而全得"观"字之神。元和宰相武元衡很欣赏这首诗中的"草枯鹰眼疾,雪尽马蹄轻"一联,遂加以模仿:"草枯马蹄轻,角弓劲如石。"(劲:音 jìng;石:音 dàn。)后人颇不以为然。

狩猎图

题玉山村叟屋壁

钱 起

谷口好泉石，居人能陆沉①。
牛羊下山小，烟火隔云深。
一径入溪色，数家连竹阴。
藏虹辞晚雨，惊隼落残禽②。
涉趣皆流目③，将归羡在林④。
却思黄绶事，辜负紫芝心⑤。

注：
① 陆沉：隐居。
② 隼：亦称鹘，一种凶禽。驯化后能帮猎人捕取猎物。
③ 流目：浏览，观赏。
④ 羡：羡慕。
⑤ "却思"二句：意思是自己总是待在官场，辜负了归隐的本心。黄绶：低级官员官印上的带子是黄色的，称黄绶。紫芝：比喻隐逸避世。

【诵读导语】

钱起曾担任过蓝田县尉，而且在蓝田置有别业。诗中的玉山村叟实际上是一位隐士式的老头。作者用"谷口好泉石"领起全篇。接着写其好在何处：牛羊下山，烟火隔云，小溪幽径，翠竹环绕人家。用平实的口头语写眼前实景，却能引发人的奇思妙想。结尾两句透露出归隐林泉的念头。"烟火隔云深"一句赋予大山以灵性。晚唐杜牧《山行》诗中的"白云生处有人家"大抵受了钱起诗的启发。

山水

游太平公主山庄[①]

韩 愈

公主当年欲占春,故将台榭压城闉[②]。
欲知前面花多少?直到南山不属人。

注:
① 太平公主山庄:从乐游原向东南一直延伸到霸陵原一带。
② 故:故意,有意。城闉:即城门。此代指长安城。

【诵读导语】

唐诗中直接批评太平公主的诗不多。一是她在世时权倾朝野,飞扬跋扈,甚至开府,置官属,宰相多出自其门下,连太子李隆基都让她几分;二是她被赐死后也就成了一具政治僵尸,再批她似乎也没有什么实际意义。但她作为当时的风云人物,还是应该引起人们重视的。韩愈写这首诗,其出发点恐怕也在于此。正因为如此,所以,诗一开头就直接点出其政治目的:"欲占春"!实际上就是想大权在握。其具体表现就是占据地势高旷的乐游原及霸陵原,而且大修台榭、别墅、池苑,居高临下,压倒皇宫。后两句写"游":繁花似锦,应有尽头。可是,一直游到南山边儿上,还在太平公主山庄!"不属人"三字,力透纸背。韩愈还有一首《题韦氏庄》:"昔者谁能比?今来事不同。寂寥青草曲,散漫白榆风。架倒藤全落,篱崩竹半空。宁须惆怅立?翻覆本无穷。"写韦曲韦氏家族的败落。促使韦氏败落的原因是宫廷中争权夺利的斗争。唐中宗的韦皇后与太平公主明争暗斗,最后以韦皇后被杀而告终。太平公主在帮李隆基除掉韦皇后以后,又野心勃勃地想除掉李隆基。结果李隆基先下手为强,在除掉太平公主的心腹之后,对他的这位姑姑给予"赐死"的特殊待遇。所以,韩愈才会说出"宁须惆怅立?翻覆本无穷"的话来。

仿宋元山水 (清)王时敏

城东闲游

白居易

宠辱忧欢不到情①,任他朝市自营营②。
独寻秋景城东去,白鹿原头信马行③。

注:
① 宠辱忧欢:受宠、受屈、忧愁、欢乐。
② 朝市:朝野。营营:奔走钻营。
③ 信马行:即信马由缰的意思。

【诵读导语】

诗的题目中说是"闲游",其实,诗人是为了暂时避开尔虞我诈、投机钻营的官场。第一句就表明自己对受宠、受屈、忧愁、欢乐的态度:不到情!意思是不把这些放在心上。那么,这些不快是怎么产生的呢?他说:你去问朝野上下那些投机钻营的人就知道了。作者对这些已经司空见惯了,所以说:随他去吧!白居易在写给元稹的《与元九书》中曾表达过自己的处世原则:"穷则独善其身,达则兼济天下。"不过,我们从白居易的人生经历看,他更多的是"独善其身"。这也就是他"独寻秋景城东去"。为什么要"独寻"呢?一是和他要好的朋友不在长安,二是他不愿意和那些蝇营狗苟者为伍。白鹿原在长安城东南,地势高旷,视野开阔,是消散心中郁闷的好去处。就像他在《登乐游原》里说的:"爱此高处立,忽如遗垢氛。耳目暂清旷,怀抱郁不伸。"就是说:到了这里,自己就像换了个人似的!耳目可以暂时清净,郁闷而不适的怀抱在这里也可以得到缓释。此前,魏晋文士甚至是登高舒啸!他们不仅登高,而且还要吹口哨!不过,登高吹口哨的做法唐人好像没有传承下来。

临溪图

新丰行

李东阳

长安风土殊不恶①,太公但念东归乐②。
汉皇真有缩地功,能使新丰为故丰③。
人民不异山川同④,公不思归乐关中。
汉家四海一太公,俎上之对何匆匆,
当时幸不烹若翁⑤。

【诵读导语】

李东阳是明朝中期茶陵派代表人物,在诗歌流派上属于拟古一派。他认为学诗当"取法唐诗"。从他在陕西访古时所写的诗中可以看出其诗仅仅追求字句与声律美。即如这首《新丰行》,就用一种戏谑的口吻对刘邦加以讽刺,叙史的成分远远超过了咏史抒怀成分。这也应了后人所说的,明朝是小说时代,不是诗的天下。

注:
① 殊不恶:确实不坏。
② 太公:刘邦的父亲,史称刘太公。但念:一心怀念。
③ "汉皇"二句:刘邦定都长安,其父依恋故乡丰邑,不愿西迁。于是,刘邦让人按照老家丰邑的样子在骊山东北建造了一座村庄,取名新丰。迁其父居于此。此即所谓的缩地功。为:成为。
④ "人民"句:写新丰和沛县的丰邑一模一样。
⑤ "俎上"二句:公元前202年,成皋之战后,刘邦与项羽在广武(今河南荥阳西)对垒。彭越在项羽后方绝其粮道。项羽为摆脱困境,把早先抓获的刘邦的父亲置于一块大砧板上,隔着鸿沟对刘邦说:你再不投降,我就把你父亲扔进开水锅里煮了。刘邦说:"咱俩曾经结为兄弟。我父即你父。你一定要煮你父亲,就给我分一碗汤喝。"作者的意思是:刘邦当年说话太欠考虑。所幸当时项羽未烹太公。如果真烹了,哪来今日的新丰?若:你。

山行图

杜曲谒杜子美先生祠

屈大均

城南韦杜潏水滨①,工部千秋庙貌新②。
一代悲歌成国史③,二南风化在骚人④。
少陵原上花含日⑤,皇子陂前鸟弄春⑥。
稷契平生空自许⑦,谁知词客有经纶⑧。

【诵读导语】

屈大均,广东番禺人,明末诸生。明亡,出家礼佛。清初,曾西游关中,遍览名胜古迹。作为明朝遗民,屈大均有强烈的复明倾向。所以,他的这首诗通过拜谒杜甫祠堂,写自己的心胸抱负。陆游在《书愤》中说自己"塞上长城空自许,镜中衰鬓已先斑。"屈大均则加以隐括,表面上是说杜甫"稷契平生空自许",实际上是慨叹自己复明志向无法实现。"稷契平生空自许"是个倒装句,顺过来就是:平生空自许稷契!这首诗是清代诗歌史上最先赞美杜甫的作品。数十年后,他的这种观点被乾隆时期著名学者仇兆鳌纳入《杜少陵集详注》中。

注:
① "城南"句:杜公祠在韦曲与杜曲之间的少陵原畔,潏水北岸。
② 工部:杜甫在成都时经严武举荐,被朝廷授予工部员外郎之职,后世遂称其杜工部。庙:即杜公祠。该祠始建于明嘉靖五年(1526),原在唐代著名寺院牛头寺西南,乾隆末年毁于火灾。嘉庆九年重建于牛头寺东。
③ "一代"句:意思是一部杜诗记录了唐王朝由盛转衰的历史。
④ 二南:即《诗经》中的周南、召南。得圣人之化育谓之周南;得贤人之化育谓之召南。此句赞美杜诗具有教化作用。
⑤ 少陵:杜甫自称少陵野老。杜公祠在少陵原畔。
⑥ 皇子陂:在杜公祠西北。据说秦皇子葬于此,故名。
⑦ "稷契"句:杜甫在《自京赴奉先县咏怀五百字》中写自己的人生理想时说"窃比稷与契"。稷、契是古代传说中的贤臣。
⑧ 经纶:治理国家的才能。

杜公祠

未央故址

许孙荃

平原禾黍送西风①,野草连天有故宫。
莺语树犹通太极②,鸡声村欲问新丰。
依稀玉殿秋山外,寂寞铜驼暮霭中③。
却忆崛兴无尺土,黄图还带夕阳红④。

【诵读导语】

许孙荃是安徽合肥人,清朝康熙年间曾任陕西提学使。在西安期间,曾写了不少咏怀古迹的诗作。开头一句就以西风禾黍之凄凉景象抒写历代盛衰更替。再用连天野草中埋没的故宫予以坐实。"莺语"二句写汉唐之兴盛,"依稀"二句写汉唐之衰落。"依稀玉殿",写故基依稀可辨,"寂寞铜驼",则属想象之境。一实一虚。尾联突然一个转折:崛兴之前,略无尺土;崛兴之后,又归于禾黍野草。作者的这种感慨,有点虚无的思想在内。

注:

① "平原"句:《诗经·王风·黍离》记周室东迁洛阳后,周大夫游沣镐,但见宫室宗庙已经荒凉残破,且禾黍离离,倍感伤痛。后人便使用"黍离之悲"代表亡国之痛。
② 太极:指唐长安宫城中的太极宫。这里泛指唐长安城。
③ 铜驼:即竖立在晋洛阳宫门外的铜骆驼。这里借用来写汉代长安城荒凉破落。其实用汉宫金铜仙人更贴切。
④ 黄图:指京畿之地。

大明宫雪景想象图

【诵读导语】

蒋湘南，河南固始人，生活在清朝道光年间。曾三次入陕，在西安讲学。他的这首诗与众不同。别人写灞桥，多与悲欢离合相关联，唯独他却避开这一点，问千年灞桥垂柳：今人是不是比古人忙碌？问而不答，道出自己心中疲于奔波的苦衷。作者有一篇《灞桥铭》。这是灞桥史上唯一一篇以灞桥为题的铭文。其中有一段是这样的："灞桥适踞其（指灞水）上。沙沫飞雨，水花溅云，电掣虹腰，雷轰马首。柳烟四幕以森衰，亭榭倒影而妖露。关内之胜，于此为最……云水骚人，缙绅赋手，托吟情于驴背，结离思于柳条。"作者骈散结合，描写灞桥风物。相比之下，他的这首诗就稍显逊色。

灞 桥

蒋湘南

飞沙如雨灞桥荒①，驴背新诗写艳阳②。

一语殷勤问垂柳，今人可比古人忙？

注：

① 飞沙如雨：写灞桥沙尘飞扬。

② 驴背新诗：用晚唐郑綮"诗思在灞桥风雪驴背上"典故。

灞桥诗思

酬赠篇

人是社会群体中的一员。人与人之间的关系曾被孟子称为"五伦"（或五常），即"父子有亲，君臣有义，夫妇有别，长幼有序，朋友有信"。尤其是唐代，长安作为帝京，人来人往，酬赠、送别就成为人们日常生活中经常会遇到的事情。灞桥折柳凝固成赠别与友情的文化符号。酬赠、送别诗也就成为维系人与人之间亲密关系的纽带。在唐代诗歌中，这是非常突出的题材。以唐代著名诗人为例，几乎没有人不写这一类诗。而且这类诗在有些作家的作品中占了相当大的数量，比如钱起、郎士元、白居易等。尤其是白居易，他的成名作就是那首《赋得古原草送别》。高仲武《中兴间气集》还记载：朝廷官员离京外任时，如果没有钱起、郎士元作诗饯行，那是很没有面子的事情。这一方面说明钱起、郎士元的送别诗写得好，另一方面说明唐人很注重友朋之情。

　　正因为如此，酬赠、送别以及怀人等题材的诗成为古人情感生活的重要内容。也正是在这一类作品中，人们可以体味出他们复杂的情感世界：有的细腻，有的旷放，有的豪迈，有的低沉，有的缠绵悱恻，有的清奇磊落，有的娓娓而谈，有的快人快语。诗人情感世界之美，造就了诗的美。酬赠、送别诗成为维系人伦的纽带。唐诗的名篇中，这类诗居于突出地位。王勃的《送杜少府之任蜀川》、李白的《黄鹤楼送孟浩然之广陵》、高适的《别董大》、王维的《送元二使安西》等，都是人们耳熟能详的传世佳作。

送杜少府之任蜀川①

王　勃

城阙辅三秦②，风烟望五津③。
与君离别意，同是宦游人④。
海内存知己⑤，天涯若比邻⑥。
无为在歧路⑦，儿女共沾巾。

注：
① 少府：即县尉。之任：上任。蜀川：即蜀地。
②"城阙"句：意思是三秦大地护卫着京城长安。
③ 五津：蜀地五个有名的渡口。这里代指蜀川。
④ 宦游：出门在外做官。
⑤ 海内：指天下。
⑥ 比邻：邻居。
⑦ 无为：不要。歧路：岔路口。

【诵读导语】

王勃的这首送别诗开启了唐人送别诗的新基调。当时，整个诗坛还延续着六朝旖旎绮丽的诗风，而这首诗虽然是送朋友离京赴任，却没有哀怨和叹息。尤其是"海内存知己，天涯若比邻"一联，气韵浑厚，真率自然，不见愁语，成为千古传诵的名联。有人说这一联受了曹植《赠白马王彪》中"丈夫志四海，万里犹比邻"的启发。虽然言之有据，但曹植的用意在于大丈夫要志在四方，不要留恋京华之地，王勃则是写友朋真情，且发前人之未发。他有一首《别薛华》，后四句说："心事同漂泊，生涯共苦辛。无论去与住，俱是梦中人。"也是送别，却是愁情愈转愈深，和"无为在歧路，儿女共沾巾"判然有别。

行旅图

送秘书晁监还日本国[①]

王 维

积水不可极[②],安知沧海东。
九州何处远,万里若乘空。
向国惟看日[③],归帆但信风[④]。
鳌身映天黑,鱼眼射波红。
乡树扶桑外[⑤],主人孤岛中。
别离方异域,音信若为通?

【诵读导语】

在中日文化交流史上,晁衡很有名气。他十九岁入唐,于唐代宗大历五年逝于长安。在唐代诗坛上,他和王维、李白、储光羲等人关系很密切。当李白听说晁衡所乘坐的船倾覆后,以为他葬身大海,就作了《哭晁卿衡》一诗:"日本晁卿辞帝都,征帆一片绕蓬壶。明月不归沉碧海,白云愁色满苍梧。"王维的这首诗是在长安为晁衡饯行时写的。诗前有序,称赞晁衡"金简玉字,传道经于绝域之人;方鼎彝尊,致分器于异姓之国",对他传播中华文化的功绩予以高度评价。

注:

① 秘书晁监:即晁衡,原名阿倍仲麻吕,日本人。开元五年随日本使团赴长安。因企慕中国文化,遂留居长安,取汉名晁衡。天宝中,官至秘书监。天宝十二载返国途中,遇大风,舟覆。遇救后,又返回长安。一生历经玄宗、肃宗、代宗三朝,官至左散骑常侍、安南都护。
② 积水:指茫茫大海。不可极:望不到尽头。
③ "向国"句:意思是船向着太阳升起的地方行驶。
④ 信风:按时而至的好风。
⑤ 扶桑:海上的神木。传说太阳从扶桑上升起。也用以称呼日本。

阿倍仲麻吕纪念碑

送刘司直赴安西①

王 维

绝域阳关道,胡沙与塞尘。
三春时有雁,万里少行人。
苜蓿随天马,葡萄逐汉臣②。
当令外国惧,不敢觅和亲。

注:
① 安西:即安西都护府。其治所在今新疆库车。
② "苜蓿"二句:意思是预祝刘司直这次出使安西能取得像张骞、班超那样的业绩。苜蓿、天马、葡萄均出产于西域。逐:随。

【诵读导语】

在古代诗歌史上,王维被认为是超脱凡俗的"诗佛"。其实,这只是王维诗歌的一个方面。他的有些诗,具有旷远豪放的特色。如人们传诵的"大漠孤烟直,长河落日圆""居延城外猎天骄""秋日平原好射雕",等等。和他在渭城送元二出使安西截然不同,这首诗起句略带酸楚,中四句实境实事。尤其是"三春时有雁,万里少行人",写塞外景致荒凉凄楚。大雁本来在初春时就北飞,可是边塞绝域凄寒无比,春末的时候还有大雁北归。这种描写,开送别诗中雄浑一派。

阳关遗址

赠李白

杜甫

秋来相顾尚飘蓬①,未就丹砂愧葛洪②。
痛饮狂歌空度日,飞扬跋扈为谁雄③?

注：

① 顾：看。尚飘蓬：还像蓬草一样漂泊不定。
② 未就丹砂：没有去炼丹。愧葛洪：愧对葛洪。葛洪：晋朝著名的炼丹家。
③ 为谁雄：向谁逞英雄。

【诵读导语】

天宝初年，李白和杜甫在齐鲁相遇。此前，二人在洛阳曾相逢。杜甫赠诗给李白："亦有梁宋游，方期拾瑶草。"今在齐鲁相遇，李白依旧像蓬草一样到处漂泊，也没有兑现炼丹的诺言，岂不是愧对葛洪的在天之灵吗？这两句只是简单的叙述，后两句就变成了批评，甚或指责：你不仅一天到晚痛饮狂歌、虚度时日，而且在人前击剑任侠，飞扬跋扈，究竟是向谁逞英雄呢？既伤李白怀才不遇，又规其飞扬跋扈的行为。这大概是杜甫一生中对朋友说的最严厉的话了。

对饮图（局部）

灞陵行送别

李 白

送君灞陵亭,灞水流浩浩。
上有无花之古树,下有伤心之春草。
我向秦人问路歧,云是王粲南登之古道①。
古道连绵走西京,紫阙落日浮云生②。
正当今夕断肠处,黄鹂愁绝不忍听。

注:
① "云是"句:意谓人们告诉他,这是王粲离开长安赴荆州避乱时走的那条路。
② 紫阙:指皇宫。

【诵读导语】

所谓的灞陵送别,其实都是在灞桥送别。而且这种习惯贯穿于整个唐代。晚唐的雍陶在简州任刺史时,在城外一座桥边与朋友话别,忽然看见桥头上写着三个字:"情尽桥"。他就问当地人为什么起这个名字,那人说:送人到此为止!雍陶很不以为然,提笔在桥柱子上写道:"从来只有情难尽,何事名为情尽桥。从此改名为折柳,任他离恨一条条。"诗中所说的"折柳",就是指在长安城东灞桥边折柳送别。不过,李白的这首送别诗更多的是写自己的困苦。这就难怪乾隆皇帝要说李白是"伤心人别有怀抱"。

灞桥 (日) 足立喜六

【诵读导语】

安史之乱爆发的第三年十月,郭子仪就率领唐军收复了长安、洛阳。唐肃宗回到长安后,对那些受伪职的官员进行处理。郑虔是一位很有才华的人,他的诗、书、画被玄宗誉为"三绝"。但他在玄宗朝仅仅是个广文馆博士。因受伪职,被贬为台州司户参军。杜甫当时在朝廷任左拾遗。他和郑虔的私交很好,按理说应该去给郑虔送行。但他没有这样做。其原因是:当时因房琯事件,唐肃宗对杜甫已经开始疏远。杜甫也不想给不同政见者授以口实。于是就写了这首诗,表达自己的歉疚。

送郑十八虔贬台州司户①

杜 甫

郑公樗散鬓成丝②,酒后常称老画师。
万里伤心严谴日③,百年垂死中兴时④。
仓皇已就长途往⑤,邂逅无端出饯迟⑥。
便与先生成永诀,九重泉路尽交期⑦。

注:

① 安史之乱中,郑虔在长安陷落后,被俘虏到洛阳,被安禄山授以官职。洛阳收复后,又被唐军押回长安。本该严惩,但念其在洛阳时曾给唐军秘密传递过消息,遂被贬为台州司户参军。
② 樗(chū)散:松散无用的材料。樗:椿树。鬓成丝:两鬓斑白。
③ 万里伤心:贬地很遥远,自己为此很伤心。严谴:意为给郑虔的处分太严厉了。
④ 百年垂死:意思是郑虔已经到了垂暮之年。中兴时:指唐王朝收复了长安,国家处于中兴的最好时机。
⑤ "仓皇"句:意思是郑虔匆匆忙忙地就上路了。
⑥ 邂逅无端:即无缘无故地。
⑦ "便与"二句:意思是此一别便成永别,要想重逢,除非在九泉之下。

溪山图

赠 婢

崔 郊

公子王孙逐后尘①,绿珠垂泪滴罗巾②。
侯门一入深如海,从此萧郎是路人③。

注:
① 逐后尘:意思是纷纷追求。
② 绿珠:西晋富豪石崇的爱妾,赵王司马伦专权时,其部下孙秀为讨好赵王伦,就要石崇把绿珠献给赵王。石崇拒绝,被关入监狱。绿珠为报答石崇,坠楼而亡。
③ 萧郎:古代诗词中常用来指代女子所爱慕的男子。

【诵读导语】

关于这首诗,唐末范摅在《云溪友议》中记载了这样一件逸事:崔郊的姑姑有一个婢女,长得很漂亮。崔郊很喜欢她。他姑姑不知此情,把这位婢女卖给了于頔(dí)。有一次,婢女外出,偶然遇见了崔郊,崔就写了这首诗。于頔看了诗,就让崔郊把婢女领回去了。这首诗的特点是没有正面写他对这位婢女的爱慕。起句说:只要这位婢女出门,她身后就会有许多王孙公子竞相追逐。可见她非常漂亮。第二句忽然把这位婢女比作绿珠,似乎让人摸不着头脑。她为什么要哭呢?读了第三句才明白:这位婢女被一位身世显赫的权贵看中了,进入了深如海的"侯门"。崔郊元和年间进京,只是个"秀才",而于頔在元和中不仅被封为燕国公,而且是位极人臣的宰相。这样一来,我们再回过头去品味第二句,才明白这位婢女有自己的意中人,所以当她知道自己要被卖入侯门时,自然伤心落泪。因为一旦进入"深如海"的侯门,将和心上人永无见面之日。即便是有心上人,也是如同陌路之人。从头到尾,崔郊始终没有正面表态他爱慕那位婢女,而是旁敲侧击,吞吞吐吐。这是唐代男子写爱情诗时惯用的手法:从对方落笔。虽然羞羞答答,却显得含蓄微妙。

持团扇宫女(《簪花仕女图》局部)

寄李儋元锡①

韦应物

去年花里逢君别，今日花开又一年。
世事茫茫难自料，春愁黯黯独成眠。
身多疾病思田里②，邑有流亡愧俸钱。
闻道欲来相问讯，西楼望月几回圆？

注：
① 李儋（dān）：韦应物的朋友，当时在长安。
② 思田里：思念故乡。

【诵读导语】

韦应物是京兆（今西安）人，曾任鄠县（今鄠邑区）和栎阳（今属临潼）县令。这首诗写于唐代宗大历末年，当时韦应物任栎阳县令。当时内忧外患不断，大量农民流离失所。此前他在高陵任职时，就给三原的卢少府寄诗说："兵凶久相践，徭赋岂得闲。"

在这种形势下，作者也觉得地方官不好当，加之身体有病，就产生了回归乡里的念头。这就是他在诗中所说的："身多疾病思田里，邑有流亡愧俸钱。"时间不长，他真的辞官回乡，住在长安西郊的沣河边上。作为一个地方官，他无力改变农民流离失所的现状，而自己还拿朝廷的俸禄，内心感到很惭愧。这种有良知的官员，在当时确实是难能可贵的。所以，明代的胡震亨说"身多疾病思田里，邑有流亡愧俸钱"是"仁者之言"，"若高常侍（即高适）'拜迎官长心欲碎，鞭挞黎庶令人悲'，亦似厌作官者，但语微带傲，未必真有退心如左司（即韦应物）之一向淡耳"。

寄李儋元锡

杏园花下赠刘郎中[①]

白居易

怪君把酒偏惆怅,曾是贞元花下人[②]。
自别花来多少事,东风二十四回春[③]。

【诵读导语】

白居易和刘禹锡是很要好的朋友。这首诗是游曲江池畔杏园时写的。唐顺宗即位之初,任用王叔文进行改革,史称"永贞革新"。仅仅几个月,这场改革就在保守势力的反对下宣告失败。当时,刘禹锡年仅33岁,任监察御史,由于参与了"永贞革新",被贬为朗州司马。二十多年后,他回到京城长安任职。春游曲江时,刘禹锡抚今追昔,心生惆怅,白居易就写了这首诗赠给他。"曾是贞元花下人"一句,意在激励刘禹锡要振作起精神,拿出当年那股朝气,再干一番事业。实际上,经历了长期贬谪,刘禹锡确实已经失去了当年叱咤风云的勇气。不过,他也没有完全消沉。用他的话说:能从蛮荒之地活着回来的没有几个人。

注:

① 刘郎中:即刘禹锡,当时任礼部主客郎中。
② "怪君"二句:意思是我感到很奇怪,像你这样一位在贞元时期曾经叱咤风云的人物,怎么在曲江池畔杏园里饮酒时竟然会心情不愉快?贞元(785—805),唐德宗年号。
③ "自别"二句:意谓从你离开长安算起,已经过去了二十四年。

杏花

赠李龟年[①]

李 端

青春事汉主[②],白首入秦城[③]。
遍识才人字[④],多知旧曲名。
风流随故事[⑤],语笑合新声。
独有垂杨树,偏伤日暮情。

【诵读导语】

李龟年、李鹤年兄弟是开元天宝时期著名的歌唱家。唐玄宗当年在兴庆宫赏牡丹时,让李白写诗助兴。李白写了《清平调词三首》。诗成,就传命让李龟年演唱。安史之乱爆发后,李龟年流落到湖南一带。大历四年,杜甫在赴潭州途中遇见过李龟年,并写下了《江南逢李龟年》:"岐王宅里寻常见,崔九堂前几度闻。正是江南好风景,落花时节又逢君。"安史之乱平定后,李龟年又回到长安。李端的这首诗虽然是写给李龟年的,但作者感慨的是时移代变、当年风流不再的尘世沧桑。

注:
① 李龟年:开元天宝时期著名的歌唱家。
② 青春:即年轻时。汉主:指唐玄宗。
③ 秦城:即长安城。安史之乱爆发后,李龟年逃出长安,流落到湖南一带。返回时,已经满头白发。
④ 才人:指当时管理梨园弟子的女官。字:名字。
⑤ "风流"句:意思是李龟年的风流岁月已经成为历史。

唐韩休墓乐舞图

送新罗使①

张籍

万里为朝使，离家今几年？
应知旧行路，却上远归船。
夜泊避蛟窟②，朝炊求岛泉。
悠悠到乡国，还望海西天③。

【诵读导语】

唐人的诗歌中，有不少赠送新罗、日本等域外使者、学者、僧人的作品。张籍的这首诗是送别新罗王朝使者的。从历史文献记载看，新罗受唐文化影响较大，以至于其朝廷官员的品阶设置都和唐王朝一致。由此可见中华文化对周边国家的影响。从这首诗的内容看，这位新罗使者在唐朝的时间还是比较长的。他完成使命以后，要返回自己的国家。作者用"夜泊""朝炊"等描写归途的险阻。然而，当他回到"乡国"后，又不时地回望"海西天"，说明他对唐王朝还是有很深的感情的。

注：
① 新罗：唐时，朝鲜半岛有新罗、百济、高句丽三国。新罗在半岛南端。
② 蛟窟：意思是海怪藏身的地方。
③ 海西天：指唐朝。

与歌者何戡

刘禹锡

二十余年别帝京，重闻天乐不胜情①。
旧人唯有何戡在②，更与殷勤唱渭城③。

【诵读导语】

从"二十余年别帝京"一句，可以断定这首诗写于唐文宗大和二年刘禹锡任礼部主客郎中时。既在官中，当然可以欣赏"天乐"，也就是供皇帝欣赏的歌曲。听完歌，刘禹锡感慨丛生，写了这首诗赠给演唱者何戡。从"旧人唯有何戡在"一句可以看出，作者贞元、永贞时的朋友都已先后谢世，唯有何戡还在。作者之所以发出这样的感慨，和他当年在仕途上春风得意的处境有关。而何戡的拿手歌曲是《渭城曲》，作者之所以要何戡再唱一首《渭城曲》，也是为了不忘那段岁月。这就是人们常说的：在情感极其伤痛的时候，听一曲幽怨低沉的乐曲，可以获得情感的平衡。

注：
① 天乐：何戡是在宫廷唱歌，故称其所唱歌曲为天乐。不胜情：即让人百感交集。
② 旧人：指贞元及永贞革新时的朋友。
③ 渭城：即王维的《送元二使安西》。该诗问世后，即被谱曲演唱，名《渭城曲》，亦名《阳关三叠》。

送王十八归山寄题仙游寺①

白居易

曾于太白峰前住,数到仙游寺里来。
黑水澄时潭底出②,白云破处洞门开。
林间暖酒烧红叶,石上题诗扫绿苔③。
惆怅旧游无复到,菊花时节羡君回。

注:
① 王十八:即王质夫。蜀人。曾在太白山、仙游寺修道多年。仙游寺:在周至县黑河边高地上。
② 黑水:即黑河。
③ "石上"句:意思是要想题诗,得先把石上的绿苔扫去。

【诵读导语】

王质夫是四川梓潼人。起先在青城山修道,后来入长安,往来于仙游寺、太白山。白居易在周至县任县尉时,王质夫就在楼观台修道。白居易调回京城,任翰林学士后,王质夫也经常到京城看望白居易。诗的前六句,都是写王质夫在太白山及仙游寺的活动。

林间暖酒,石上题诗,写野逸之趣,雅事与丽句兼而有之。他人不曾有此表达,而纪昀却说是"小家样范",不知何故。而他仅仅欣赏"白云破处洞门开",认为"有致"。其实,诗歌欣赏,应当顾及全篇,切不可断章取义。王质夫后来回到蜀中,白居易在仕途上也出现坎坷。白居易还写了一首《寄王质夫》,其中说:"忆始识君时,爱君世缘薄。我亦吏王畿,不为名利著。春寻仙游洞,秋上云居阁。楼观水潺潺,龙潭花漠漠。……君作出山云,我为入笼鹤。笼深鹤残悴,山远云漂泊。"可见二人情谊之深。

仙游寺法王塔旧貌

杏园花下酬乐天见赠

刘禹锡

二十余年作逐臣①,归来还见曲江春。
游人莫笑白头醉,老醉花间有几人②?

注:
① 逐臣:被贬出朝廷的官员。
② 老醉花间:刘禹锡当时已经56岁。按唐人习惯,已经算得上老年人了。

【诵读导语】

这首诗是刘禹锡酬赠给白居易的。诗从自己遭贬谪写起。二十多年一直在贬谪中度过,就像他在《酬乐天扬州初逢席上见赠》中所写的:"巴山楚水凄凉地,二十三年弃置身。"不过,作者并没有消沉:"沉舟侧畔千帆过,病树前头万木春。"正因为如此,他在回赠白居易的这首诗中说自己"归来还见曲江春"。"还见曲江春"中的"还"字,饱含着人生的种种酸楚,也有一种"自我振作"的意思。而"老醉花间"四个字分量很重!二十三年来,他一直在荒远之地任职。等他被召回长安任职时,已经过去了二十三年。由当年33岁、意气风发的年轻人变成了56岁的老人。所以,自己能够活着回到长安,而且"老醉花间",已经是不幸中的万幸了!

芙蓉苑遗址

赠终南兰若僧①

杜 牧

家在城南杜曲旁，两枝仙桂一时芳②。
休公都不知名姓，始觉禅门意味长。

注：
① 这首诗是杜牧中进士后，和同年游终南山时所作。
② 仙桂：中进士称折桂。两枝仙桂，即两次折桂。杜牧在大和二年进士及第后，又应"贤良方正直言极谏科"试，以第四等及第。

【诵读导语】

杜牧进士及第后，和几个同年相约游终南山。行至一寺庙，与寺僧休公攀谈。休公问其姓名、籍贯。杜牧就以此诗作答。在诗中，他以自己是新科进士而自负，甚至以休公不知其姓名而感到吃惊：我不仅进士及第，而且又在"制举"中登科，两次折桂，轰动京城，您老竟然不知道我是谁！恐怕他觉得这话说得有点过头，于是赶紧来了一个转折：佛门真是大有深意啊！杜牧进士及第，虽然不像孟郊那样"一日看尽长安花"，但也是"春风得意"。然而他以后的仕途却不是一帆风顺。八百多年后，王士祯到西安城南游览，写下了《杜曲西南吊牧之冢》："两枝仙桂气凌云，落魄江湖杜司勋。今日终南山色里，小桃花下一孤坟。"遗憾的是，我们今天已经找不到这座"孤坟"了。

南五台

寄贾岛

王 建

尽日吟诗坐忍饥,万人中觅似君稀。
僮眠冷榻朝犹卧①,驴放秋田夜不归。
傍暖旋收新落叶②,觉寒犹着旧生衣。
曲江池畔时时到,为爱鸧鹀雨后飞。

注:
① 僮:童仆。
②"傍暖"句:意思是用落叶烧火取暖。旋:旋即,随时。

【诵读导语】

贾岛是唐代诗人中出了名的苦寒诗人。苏轼把他和孟郊的诗风并称为"郊寒岛瘦"。不仅是形容他俩的诗风以寒、瘦著称,而且也包含着他俩在物质生活上的穷愁潦倒。王建的这首诗用了六句写贾岛之穷:饿着肚子吟诗;没钱买草料,就把代步的驴子放到秋后的田野里,让驴子自行觅食;实在冷得不行,就扫些落叶点着取暖;天冷了也无力添置冬衣;等等。所有这些,并不是作者的夸张,而是写实。正因为如此,贾岛的笔下从来没有出现过温柔富贵的境界,而是诸如"鸟宿池边树,僧敲月下门""秋风生渭水,落叶满长安"一类凄冷的诗境。

毛驴 黄胄

暮春浐水送别

韩琮

绿暗红稀出凤城①,暮云楼阁古今情。
行人莫听宫前水②,流尽年光是此声。

注:
① 绿暗红稀:即暮春时节百花凋谢,绿树成荫。凤城:指长安城。
② 宫前水:指大明宫前的浐水。

【诵读导语】

唐人送别多在灞桥。而这首诗特地点出"浐水送别",而且是在绿暗红稀的暮春时节,让人感受不到一点欢快的氛围。难怪有人说这是诗人在送别一位日暮途穷的朋友。"暮云楼阁古今情",虽然没有高适《别董大》中"千里黄云白日曛"的迷茫,却也包含着古今兴亡的无限感慨。所谓"莫听宫前"流水声,已经在昭示人们年光荏苒,逝水滔滔,人世光阴皆在无形中流逝。唐人送别诗中的物象,因人而异。刘禹锡说:"长安陌上无穷树,唯有垂杨管别离。"灞桥送别诗,多涉及灞柳。唐末的沈彬则不然,他的《都门送别》诗说:"岸柳萧疏野荻秋,都门行客莫回头。一条灞水清如剑,不为离人割断愁。"抒情的物象是灞水。这也许是受了李白《宣州谢朓楼饯别校书叔云》中"抽刀断水水更流,举杯销愁愁更愁"的启发。这才有了灞水如剑,却不为离人割断离愁的抱怨。

灞桥风雪图 (明)吴伟

送无可上人①

贾 岛

圭峰霁色新②,送此草堂人③。
麈尾同离寺④,蛩鸣暂别亲⑤。
独行潭底影,数息树边身。
终有烟霞约,天台作近邻⑥。

【诵读导语】

贾岛年轻时曾和堂弟一同出家为僧,法名无本。后还俗。而其堂弟无可上人曾云游至京郊鄠县草堂寺。从送别的角度看,因为被送人的身份是"上人",所以诗歌不牵扯凡俗之情,而是以写草堂寺的环境和无可上人为主。结尾的"烟霞约"恐怕和圭峰深处的云际寺有关,并不是作者和无可相约,而是说无可常常往返于草堂寺与云际寺。八句诗中,有六句写草堂寺及其周围景致。第三联据说先有出句"独行潭底影",苦难属对。久之,以"数息树边身"为对。故作者特意在这两句诗的后面作了一条注释:"二句三年得,一吟双泪流。知音如不赏,归卧故山丘。"宋人魏泰则说:"不知此二句有何难道,至于'三年'始成,而'一吟'泪下也?"明朝的谢榛对此作了回答:"虽曰自惜,实自许也。"平心而论,作者之所以"自许"这一联,因为这一联确实词义闲雅,颇有幽致。

注:

① 无可上人:贾岛堂弟。
② 圭峰:在西安市鄠邑区东南紫阁峰东。圭峰山北麓即草堂寺。
③ 草堂人:即在草堂寺出家的无可上人。
④ "麈尾"句:意思是无可上人手持麈尾离开草堂寺。麈(zhǔ)尾:古人闲谈时执以驱虫、掸尘的一种工具。至魏晋清谈时必执麈尾,相沿成习,为名流雅器,不谈时,也常执在手,以示雅致。
⑤ 蛩(qióng):蟋蟀。
⑥ 天台:《黄庭经注》云,天中之岳为天台。故诗中指处于天中的终南山。草堂寺在其不远处,故云"作近邻"。

草堂寺山门

【诵读导语】

王九思在政治上被杨一清等人划归刘（瑾）党。而何景明则因不满刘瑾而辞去中书舍人职务。刘瑾倒台后，何景明复出。按常理，王九思与何景明在派系上是对立的。可是，何景明到陕西任提学副使时，曾先后两次到鄠县去拜访王九思。由此可见，说王九思是"刘党"，那是冤枉了他。也可看出何景明的为人还是很正派的。而且，作为"前七子"的中坚人物，何景明与王九思在文学思想上都是推崇汉唐文化的。而杨一清就不一样了。他曾两次到西安，游遍关中古迹，但就是没有去见赋闲在家的王九思。因为他当年弹劾过王九思，作为政敌，自然不好意思去。

到鄠简王敬夫①

何景明

杜曲花无数，城南柳更重。
去天惟尺五②，隔岁一相逢。
雨过春陂水③，云开紫阁峰。
好陪王学士，杯酒日从容。

注：

① 王敬夫：即王九思，陕西鄠县人。正德五年，受刘瑾一案牵连被贬，次年回归故里。何景明则恰恰相反，在刘瑾擅权时，称病回到故乡河南信阳。刘瑾败，何景明复出，复任中书舍人。不久，调任陕西提学副使。这首诗以诗代信，所以说"简"。简，即写信。

② "去天"句：唐时长安城南的韦氏、杜氏多在朝廷任高官，或贵为皇亲。民间有"城南韦杜，去天尺五"的说法。天：即天子。何景明在诗中则借以说明鄠县离西安很近。

③ 陂：指渼陂。

到鄠简王敬夫

科举篇

从唐代开始，科举是文人士子步入仕途的必由之路。唐代科举考试分为三类：进士、明经、制举。进士，属于"常科"，每年举行一次。明经，有三经、五经之分，主要考察举子掌握经典的水平，比考进士要相对容易些。所以，当时流行一个说法：三十老明经，五十少进士。意思是：三十岁明经及第，算是年纪大了；五十岁中进士，算是年轻的。制举是由皇帝下诏举行的考试，不定期举行，目的是搜求有才学而沉沦乡野草泽之士。

唐代，京城长安是天下文人士子心目中的圣地。在通过"乡试"（各州府举行的选拔考试）之后，他们来到长安，参加"省试"（礼部主持的考试）。每年进士的录取名额在二十人左右，而且中进士者年龄都偏大。白居易说自己"慈恩塔下题名处，十七人中最少年。"他27岁考中进士，算是最年轻的了。而且那一年全国只录取了十七人。可见要考中进士，难度很大。孟郊46岁才进士及第，于是就有了"春风得意马蹄疾，一日看尽长安花"的疯狂举动。

及第者，心花怒放；落第者，牢骚满腹。唐人发牢骚的诗，多和科场失意有关，其次才是官运蹉跎。也正由于他们发牢骚，我们才可以看到唐代诗人以天下为己任的积极向上的进取精神。

"投赠""干谒"诗，是文人考前的自我推荐。在这类诗中，他们极力展示自己的志向与才华。杜甫的"自谓颇挺出，立登要路津。致君尧舜上，再使风俗淳"，李白的"愿为辅弼，使寰区大定，海县清一"等，都出自他们的投赠、干谒诗文。

今天，当我们仔细体味这些与科举有关的诗歌时，我们不能不由衷地佩服唐代诗人为实现自己的人生价值所做的努力。

科举篇

送丘为落第归江东

王 维

怜君不得意,况复柳条春①。
为客黄金尽,还家白发新。
五湖三亩宅,万里一归人。
知尔不能荐,羞为献纳臣②。

注:
① 柳条春:柳条开始发芽。这是唐代进士考试放榜时间。
② 献纳臣:张九龄执政时,把王维由济州司仓参军调入长安,任右拾遗。故云自己是献纳臣。

【诵读导语】

丘为是浙江嘉兴人,累举进士不第。将返回故乡时,王维以此诗相送。送一个没考中进士的人,大体上是以安慰、鼓励为主,而王维却在这首诗中写丘为的困难处境。从内容上看,确实有点让失意者更其伤心的意思。诗的结尾又写自己身为"献纳臣"而不能为推荐丘为尽力,甚至为此而感到有点"羞愧"。不过,我们从这首诗可以看出唐人求仕的艰难。丘为在长安为参加进士考试已经花光了身上的钱。而"还家白发新"说明他在长安待的时间不算短了。所以,在诗的开头王维就用"怜(同情)君"二字给全诗定下了基调。好在丘为于天宝二年登第。最后以左散骑常侍致仕,卒年96岁,是唐代最长寿的诗人。

送别图

落第长安

常 建

家园好在尚留秦,耻作明时失路人①。
恐逢故里莺花笑,且向长安度一春②。

注:
① 明时:社会清明。失路人:指没进入仕途的人。
② "且向"句:意谓自己还得留在长安。

【诵读导语】

常建是开元十五年进士。此前,他也有过落第的经历。不过,他不怨天尤人,而是责备自己:生逢太平盛世。却一事无成;想回家,又怕遭乡人讥笑。所以就只好"且向长安度一春"。同样是落第诗,钱起却是"以乐景写怨情":"花繁柳暗九门深,对饮悲歌泪满襟。数日莺花皆落羽,一回春至一伤心。"欣欣向荣的自然景象与诗人的心态形成强烈的反差。豆卢复也由于多次落第,竟到了"客里愁多不记春,闻莺始叹柳条新。年年下第东归去,羞见长安旧主人"的地步。可见,唐人虽然比较潇洒,可也有磨不开面子的时候。晚唐的罗隐就因屡试不第而受人揶揄。据说他当年进京赶考、路过钟陵县时,认识了一位名叫云英的歌妓。十几年后,他落第还乡,恰好又遇见了云英。云英认出了罗隐,吃惊地问道:"罗秀才怎么还是布衣?"罗隐就写了《赠妓云英》:"钟陵醉别十余春,重见云英掌上身。我未成名君未嫁,可能俱是不如人?"

宋人十八学士图轴(局部)

留别王维[1]

孟浩然

寂寂竟何待，朝朝空自归。
欲寻芳草去，惜与故人违。
当路谁相假[2]，知音世所稀。
只应守寂寞，还掩故园扉。

注：
[1] 这是孟浩然到长安求仕受挫后离开京城时写给王维的。留别：和"送别"不一样。也就是没有当面告别，而留一首诗给对方。
[2] 相假：给予帮助，提携。这一句对王维颇有微词。

【诵读导语】

在盛唐诗坛上，孟浩然和王维并称为王孟，是山水田园诗派的代表诗人。孟浩然40岁以前一直隐居在襄阳的鹿门山，后来耐不住寂寞，赴长安参加进士考试，结果落第。离开长安时，他写了这首诗留给王维。他虽然对王维的不"相假"颇有微词，但是，作为朋友，还是给王维留了一点面子："欲寻芳草去，惜与故人违。"意思是：我该回去了，但又舍不得你这位老朋友。这首诗，以"寂寂竟何待"开头，写自己在长安举目无亲的境遇。又用"只应守寂寞"结尾，表示自己本不应该来长安求仕。全诗充满了怨情。于此同时，孟浩然还有一首《岁暮归南山》，前四句是："北阙休上书，南山归敝庐。不才明主弃，多病故人疏。"也是牢骚满腹。清朝的冯舒说"不才明主弃，多病故人疏"一联，是"一生失意之诗，千古得意之作"。孟浩然最后竟以布衣终老一生。

《春晓》诗意 华三川

初授官题高冠草堂①

岑 参

三十始一命②，宦情多欲阑③。
自怜无旧业，不敢耻微官④。
涧水吞樵路，山花醉药栏。
只缘五斗米⑤，辜负一渔竿。

【诵读导语】

岑参是湖北江陵人。30岁考中进士，已经算是"少年得志"了！他却认为给自己授的官太小了。唐代给进士初授的官职多是县尉、拾遗、校书郎等低级职务。他心里很不高兴。可是，因为自己没有雄厚的家底，也就不得不屈就了。唐代诗人有个毛病：没有步入仕途前，总是想方设法要晋身仕列；一旦有个一官半职，就开始斯文起来，向往在田园山水中做个逍遥的隐士。岑参也不例外。不要以为他们真的要回归山野，做樵夫、渔父。

向乡里小儿折腰。岑参则反其意，说自己因为没有旧业，所以不得不为了微薄的俸禄而放弃隐居生活。

注：

① 高冠：即今西安市长安区沣峪口西边的高冠峪。岑参在此有草堂。
② 三十：岑参天宝三载考中进士时已经30岁了。
③ "宦情"句：自己已经没有当官的心思了。阑：残尽。
④ 耻微官：把做小官看作是耻辱。岑参中第后，授右内率府兵曹参军，级别是从八品下，堪称微官。
⑤ 五斗米：陶渊明说他不愿为五斗米的俸禄

高冠峪

省试湘灵鼓瑟

钱 起

善鼓云和瑟①,常闻帝子灵②。
冯夷空自舞,楚客不堪听③。
苦调凄金石④,清音入杳冥。
苍梧来怨慕⑤,白芷动芳馨⑥。
流水传潇浦,悲风过洞庭。
曲终人不见,江上数峰青。

注：
① 云和：瑟名。
② 帝子：指湘妃。
③ "冯夷"二句：意思是冯夷随乐起舞,跳得再好,行客却不忍卒听。冯夷：水神名,善舞。
④ 金石：指钟磬之类的乐器,其音清越。
⑤ 苍梧：古地名,舜死,葬于苍梧。这里指代舜。
⑥ 白芷：一种夏天开白花的香草。

【诵读导语】

这是钱起参加进士考试的答卷。题目是写"湘灵鼓瑟",开头两句点题,接下来的八句写乐曲的感人效果：冯夷闻乐曲而翩翩起舞；行客则因乐曲很伤感而不忍卒听；苦调凄凉,清音悠远；连葬于苍梧的舜帝都禁不住赶来倾听。那乐曲又像潇湘流水一样,带着悲凉的旋律,随风飞过浩渺的洞庭湖。在表现手法上,作者把无形的音乐具象化。结尾二句,写曲终,以杳渺寂静收束,被誉为如有神助之绝唱。据说当时的主考官读至结尾二句,认为是"神来之笔"。唐朝诗人往往因一篇之善,一句之工,名公先达游谈延誉,遂至声闻四驰。比如祖咏《终南望余雪》的"林表明霁色,城中增暮寒",王湾的"海日生残夜,江春入旧年",杜审言的"云霞出海曙,梅柳渡江春",白居易的"野火烧不尽,春风吹又生",等等。"曲终人不见,江上数峰青",钱起于唐玄宗天宝十载进士及第,恐怕与他的这一联诗有关。

唐人宫乐图

及第后赠试官①

高 拯

公子求贤未识真②,欲将毛遂比常伦③。
当时不及三千客④,今日何如十九人⑤?

【诵读导语】

一般的士子,在进士及第后往往都是感谢试官。像开元名相姚崇的曾侄孙姚合及第后,对主考官就感激涕零:"得陪桃李植芳丛,别感生成太昊功。今日无言春雨后,似含冷涕谢东风。"(《杏园宴上谢座主》)但是,高拯在这首诗中却流露出对主考官的不满情绪。他以毛遂自比,认为主考官不识人才。这在唐诗中是极为少见的。因为此前两年,试官还是薛邕,而高拯都落榜了。透过这首诗,可以看出当时进士考试还是有不公正的事情发生。

注:

① 据《唐诗纪事》记载,大历十三年主考官是薛邕。
② 公子:原指平原君,战国四公子之一,以善于招贤纳士著称。诗中影射主考官。
③ 毛遂:战国时赵国平原君的门客。秦攻赵,毛遂自荐随平原君赴楚求援。因楚王犹豫不决,毛遂"按剑劫楚王",迫使其与赵"合纵",共同抗击秦国。平原君称赞其"三寸不烂之舌,强于百万之师"。常伦:普通人。在自荐之前,平原君并没有重视过毛遂,故云。
④ 三千客:据说平原君门下的食客有三千多人,而毛遂却一文不名。
⑤ 十九人:大历十三年共录取二十名进士。此句意思是让主考官把他和那十九个人比一下,看看孰优孰劣。根据此句,高拯应该是这一年的状元。

桃花

登科后①

孟　郊

昔日龌龊不足夸②,今朝放荡思无涯③。
春风得意马蹄疾④,一日看尽长安花。

【诵读导语】

孟郊有好几首诗写他"落第"。如《再下第》:"一夕九起嗟,梦短不到家。两度长安陌,空将泪见花。"又《下第东归留别长安知己》云:"一片两片云,千里万里身。"他作为"苦吟诗派"的代表人物,不是愿意苦吟,而是确实很穷。《秋怀其四》说:"秋至老更贫,破屋无门扉。一片月落床,四壁风入衣。"风清月朗的秋景在他人心中可能引起的是美感,而对孟郊来说却是另一番心情:"秋月颜色冰,老客志气单。冷露滴梦破,峭风梳骨寒。"进士及第后,诗人的心境发生了天翻地覆的变化。他及第时已经46岁了,算是"高龄"进士。一个经历了多次挫折的举子及第后,其喜悦之情可以说是难以言表。可是,孟郊却用"春风得意"四个字写尽其喜悦之情。尤其是"一日看尽长安花",更是把他"放荡"的行为写得活灵活现。在唐人留下来的"中第"诗中,写喜悦之情的,还没有人能超越孟郊的这首诗。同样一个孟郊,为什么会这样呢?他在《送别崔寅亮下第》中说:"天地惟一气,用之自偏颇。忧人成苦吟,达士为高歌。"这和李白的"仰天大笑出门去,我辈岂是蓬蒿人"确实如出一辙。

注:
① 这首诗作于孟郊46岁进士及第后。这首诗因为给后人留下了"春风得意"与"走马看花"两个成语而为人们所熟知。
② 龌龊(wò chuò):原指肮脏,不干净。此指处境恶劣。夸:说。
③ 放荡:自由自在,无拘无束。
④ "春风"句:唐代中了进士的人就具备了做官的资格,所以朝廷会给他们提供"官厩"里的马,供其代步。马蹄疾:即扬鞭催马疾驰。

策马图

闺意献张水部

朱庆馀

洞房昨夜停红烛①,待晓堂前拜舅姑②。
妆罢低声问夫婿,画眉深浅入时无③?

注:
① 停:摆放。
② 拜舅姑:拜见公公婆婆。
③ 入时无:是不是和时下流行的一样。

【诵读导语】

唐代举子在进士考试前常常要向社会名流投献自己的诗文,希望得到赏识,被推荐给主考官。《唐诗纪事》卷四十六记载:朱庆馀曾给张籍投献过自己的诗文,并打探考试成绩。可能是未见音信,他就写了这首诗探听虚实。诗中,他把自己比作一位刚过门的新媳妇,把主考官比作公婆,把推荐他的张籍比作新郎,把自己的诗文比作画好的眉毛。新媳妇问夫婿:自己的眉毛画得是不是很时髦?用今天的话说,就是询问自己的诗文是不是符合时代要求。张籍没有正面回答,而是也给他回了一首诗,题目是《酬朱庆馀》:"越女新妆出镜心,自知明艳更沉吟。齐纨未是人间贵,一曲菱歌敌万金。"朱庆馀是越州人,那里是出美女的地方。所以,张籍说:你本来就长得漂亮,只是不够自信!实话告诉你,人们不一定喜欢华丽的外表,反倒是天然淳真的东西更让人喜欢。两人一问一答,都很含蓄。

唐·高髻云鬟图

科举篇

宣上人远寄和礼部王侍郎放榜后诗因而继和

刘禹锡

礼闱新榜动长安①,九陌人人走马看②。
一日声名遍天下,满城桃李属春官③。
自吟白雪诠词赋④,指示青云借羽翰⑤。
借问至公谁印可⑥,支郎天眼定中观⑦。

【诵读导语】

礼部放榜后,主考官礼部侍郎王起写了一首诗,宣上人和了一首,而且把自己的和诗寄给刘禹锡。刘禹锡就写了这首诗。从诗中可以看出:每当礼部放榜时,整个长安城都为之轰动。而王起又被人认为是办事至公的官员。所以,刘禹锡的和诗从一个侧面反映了他对公正无偏私的礼部侍郎王起的敬重。

注:
① 礼闱:指主持进士考试的礼部。新榜:中进士者名单。
② 九陌:京城。
③ 桃李:指新科进士。春官:武则天曾改六部名称,礼部称春官。按照当时的习惯,每年的新科进士都是主考官的门生(学生),故云"满城桃李属春官"。
④ "自吟"句:此句赞美王侍郎的诗。
⑤ "指示"句:意思是王侍郎的诗给新进士指出了青云之路。羽翰:原指笔,这里借指诗。
⑥ 至公:毫无偏私。印可:即认可。
⑦ 支郎:三国僧人支谦,人称支郎。后世用以称和尚,即诗题中的宣上人。天眼:睿智的目光。

桃花　张护志 摄

及第后谢座主[1]

周匡物

一从东越入西秦[2],十度闻莺不见春[3]。
试向昆山投瓦砾[4],便容灵沼濯埃尘[5]。
悲欢暗负风云力[6],感激潜生草木身[7]。
中夜自将形影语,古来吞炭是何人[8]。

【诵读导语】

我们常常看到古时某人"屡试不第"。但像周匡物这样考了十次都没考中的举子确实不多见。好在他第十一次考中了。所以,"十度闻莺不见春"确实是感慨至深的肺腑之言。为此,他非常感谢主试官王播让他摆脱了"草木之身"而平步青云。周匡物还有一首《及第谣》:"水国寒消春日长,燕莺催促花枝忙。风吹金榜落凡世,三十三人名字香。遥望龙墀新得意,九天敕下多狂醉。骅骝一百三十蹄,踏破蓬莱五云地。物经千载出尘埃,从此便为天下瑞。"二诗参读,可见进士及第对一个普通士子的重要性。关于周匡物,还有一件科举逸事。周匡物家境贫寒,徒步进京应试。行经钱塘江时,无钱坐船渡江,竟滞留公馆数日,题诗说:"万里茫茫天堑遥,秦皇底事不安桥。钱塘江口无钱过,又阻西陵两信潮。"郡牧出见之,乃罪津吏。此后,朝廷颁布条令:天下津吏不得收取举子钱。周的牢骚诗,想不到给天下举子办了一件好事。

注:

[1] 座主:唐时进士称主试官为座主。此指元和十一年主试官王播。
[2] 东越:指闽东或浙东地区。
[3] "十度"句:意谓自己考了十年都没有考中。
[4] 昆山:昆仑山的简称。此处借指皇都。瓦砾:对自己文章的谦称。
[5] "便容"句:意思是自己沐浴皇恩,洗去凡俗之尘。灵沼:喻指帝王的恩泽。
[6] "悲欢"句:意思是自己今日能考中进士,都是仰仗座主的暗中提携。
[7] "感激"句:意思是自己本来出身微贱,能有今日,非常感激座主。
[8] "中夜"二句:意思是半夜里,自己对着自己的影子自言自语:我现在确实换了一个人!吞炭:战国时,豫让为报智伯之仇,恐人识之,乃漆身为厉,灭须去眉,自刑以变其容。为乞人而往乞。其妻不识,曰:状貌不似吾夫,其音何类吾夫之甚也!又吞炭为哑,变其音。诗人用此典故,意谓从今以后自己就像换了一个人似的。

【诵读导语】

唐文宗于大和元年下诏：每年进士考试时，对"勋臣""节将"子弟要"务加奖引"。此后成为惯例。结果却给科场徇私舞弊开了方便之门。诗题中的高侍郎疑为高璩。高蟾出身微寒，自然不是"务加奖引"的对象。所以，他下第之后，就给高璩上了这首诗，表达自己的不满与愤懑。他在诗中把那些高官显宦子弟比作"天上碧桃"和"日边红杏"，而把自己比作开在秋江上的荷花，虽然高洁，却生不逢时。有一次，他甚至把表达自己不满的另一首诗写在礼部大门外的墙上："冰柱数条擎白日，天门几扇锁明时。阳春发处无根蒂，凭仗东风次第吹。"在这首诗中，他把那些豪门子弟比作挂在屋檐上的冰柱，太阳一出，就纷纷坠落。经过不懈的努力，高蟾终于在唐僖宗乾符三年进士及第。昭宗朝官至御史中丞。

下第后上永崇高侍郎①

高 蟾

天上碧桃和露种，日边红杏倚云栽。
芙蓉生在秋江上②，不向东风怨未开③。

注：

① 永崇：即长安城永崇坊。坊址在今西安市雁塔南路中共陕西省委所在地至长安大学之间。高侍郎，据《旧唐书》，高蟾未进士及第前，冠以"侍郎"官衔的高姓官员只有高璩，其在懿宗咸通二年、三年先后任工部侍郎、兵书侍郎。故高侍郎疑即此人。

② 芙蓉：即荷花，亦称莲花。

③ "不向"句：东风，指春风。桃花、杏花都是被春风催开的，而荷花则开在夏末秋初。作者自比荷花，有两层用意：一是用荷花比喻自己高洁的人格，二是用"秋江"上的荷花隐喻自己生不逢时。

科举考试

及第后宴曲江

刘 沧

及第新春选胜游，杏园初宴曲江头[1]。
紫毫粉壁题仙籍[2]，柳色箫声拂御楼。
霁景露光明远岸[3]，晚空山翠坠芳洲。
归时不省花间醉[4]，绮陌香车似水流。

注：
[1] "及第"二句：写朝廷在曲江池边的杏园给新科进士赐宴。
[2] 紫毫：即用紫色的狼毫制成的毛笔。仙籍：对籍贯的美称。
[3] 霁景：雨后的阳光。
[4] 不省：不知道。

【诵读导语】

刘沧及第后，虽然不像孟郊那样"一日看尽长安花"，但也是扬扬得意，烂醉花间。除了白居易，刘沧也在诗中写了"紫毫粉壁题仙籍"，即雁塔题名。我们再看看他的《下第后怀旧居》，就会发现及第与落第给他带来的巨大心理变化："几到青门未立名，芳时多负故乡情。雨余秦苑绿芜合，春尽灞原白发生。每见山泉长属意，终期身事在归耕。"在送一位朋友下第归乡时他悲叹自己"青春半是往来尽，白发多因离别生。蘋花覆水曲溪暮，独坐钓舟歌月明。"一旦及第后，既没有了这种叹息，也没有了归耕故乡之情了。可见，能在杏园参加新科进士宴会是举子们梦寐以求的事。所以，举子对杏花就见仁见智了。郑谷《曲江红杏》诗说："女郎折得殷勤者，道是春风及第花。"和郑谷同时代的罗隐的《杏花》诗是这样写的："暖气潜催次第春，梅花已谢杏花新。半开半落闲园里，何异荣枯世上人！"进士及第犹如迎风开放的红杏花；而那些落第的举子则成了飘落的残花败蕊。

曲江池

不第后赋菊

黄 巢

待到秋来九月八,我花开后百花杀①。

冲天香阵透长安,满城尽带黄金甲。

注:
① "我花"句:新科进士放榜时,正是百花齐放的春天。诗的题目是"赋菊",所以,这句意为:等到菊花开放的时候,那些春花早都凋谢得无影无踪。

【诵读导语】

古代诗人写到菊花时,常常会提到陶渊明或者赏菊饮酒。比如杜甫在《九日》诗中就说:"竹叶于人既无分,菊花从此不须开。""竹叶",指竹叶青酒。这两句诗的意思是:我连酒都喝不上,菊花就不要再开了。元稹的《菊花》诗则表达了他喜爱花的情怀:"秋丛绕舍似陶家,遍绕篱边日渐斜。不是花中偏爱菊,此花开尽更无花。"所谓"似陶家",是因为陶渊明有"采菊东篱下,悠然见南山"的千古名句。所以,他就把自己和陶渊明联系起来了,表达了自己向往隐逸的情趣。唐诗中,唯独黄巢的这首《不第后赋菊》赞颂了菊花不畏凄冷、凌霜怒放的品格。落第后却写菊花不畏严寒,其实就是用菊花来影射他不畏挫折的人格。他还有一首《题菊花》:"飒飒西风满院栽,蕊寒香冷蝶难来。他年我若为青帝,报与桃花一处开。"一旦自己能成为主宰春天的青帝,就要让菊花在春天开放。把两首诗联系起来,可以看出这位山东学子不是一个循规蹈矩的书呆子,而是想要做一位叱咤风云、改天换地的英雄。几十年后,号称"冲天大将军"的黄巢确实带领农民起义军攻入长安,成了大齐皇帝。遗憾的是很快就失败了。

菊花

献主文

刘虚白

二十年前此夜中,一般灯烛一般风①。
不知岁月能多少,犹著麻衣待至公②。

注:
① 一般:一样。
② 犹著:还穿着。麻衣:普通百姓的衣服。

【诵读导语】

《唐摭言》中记载着这样一件逸事:刘虚白与裴坦早年是同学。唐懿宗咸通元年,裴坦以中书舍人权知礼部贡举。在参加考试的举子中,竟然有二十年前曾和他一起参加进士考试的刘虚白。在试杂文时,刘虚白给裴坦献上了这首绝句。诗的前两句回忆二十年前和裴坦同时参加进士考试时的情景。后两句发感慨:像我这样的人,不知还能活几年,竟然还以普通举子的身份来拜见你。话只说到此为止,其中的辛酸不言而喻。不知是成绩合格了呢,还是这首诗感动了裴坦,刘虚白这一年终于进士及第了。

绝 句

无名氏

传闻天子访沉沦①,万里怀书西入秦。
早知不用无媒客②,恨别江南杨柳春。

注:
① 沉沦:即埋没于乡野的人才。
② 无媒客:没人引荐的人。

【诵读导语】

这首诗的作者佚名,但他却给我们留下了一件科场逸事。唐时,除了进士、明经这种常科考试外,还有制科。所谓制科,即不定期举行的一种考试,由皇帝下诏,寻访那些隐居于乡野的饱学之士。其条件是必须由地方官或社会名流推荐。这首诗的作者远在江南,听说皇帝下诏"访沉沦",便匆匆离家,赶赴长安。结果因没人推荐而无法参加制科考试,于是发牢骚说:长安之行白白耽误了他游赏江南春景。

隐逸篇

隐逸是中国特有的一种文化现象。传说中的巢父、许由被视为隐逸的鼻祖。而实有其人的最早隐士应该是伯夷和叔齐。

在文化史上，隐逸是道家产生的思想基础。后来，儒家也推崇"重德修身"的处世方式，就像孔子说的："道不行，乘桴浮于海。"于是就有了道隐与儒隐的区别。以老子和庄子为代表的道隐表现出"任随大化"与"适性"的人生追求。这是"崇道"者的隐逸诗的突出特点。儒隐可分为三类：以隐求仕、由仕退隐以及亦官亦隐。而"入仕"是其终极目的。以唐代为例，孟浩然和李白是以隐求仕的典型代表；王维和白居易是亦官亦隐的典型。唐代的"制举"就是专门为那些隐居乡野的有识之士开设的，但应考条件是：必须有地方官或社会名流推荐。比如李白，他之所以在天宝初年入长安，就是因唐玄宗的著名"道友"吴筠的推荐。尽管他们声称要摆脱"浮名"的羁绊而归隐山水林泉，但却一直受到名缰利锁的牵制。就像杜牧所写的："人道青山归去好，青山曾有几人归？"所以，这类隐逸诗在漠视功名利禄的背后隐藏着失意的苦闷和烦躁。有些隐士为了能尽早获取社会知名度，常常隐居在京畿之地。长安城南的终南山就成为隐士们首选的风水宝地。唐睿宗景云初，著名道士司马承祯欲返回天台山，尚书右丞卢藏用想挽留司马承祯，就指着终南山说："此中大有佳处！"司马承祯知道卢藏用当年曾隐居终南山，后来被武则天召进长安，授予左拾遗，就和他开玩笑说："以仆视之，仕宦之捷径耳。"这就是"终南捷径"典故的由来。尤其是盛唐和中唐时期，文人隐居终南山竟然形成一股风气，从而在唐诗中形成了以王维等人为代表的隐逸诗派。他们的隐逸虽然带有一定的功利色彩，但他们的这类题材的诗反映了人与自然山水的和谐，是唐诗百花园里一枝绚丽的奇葩。

隐逸篇

【诵读导语】

王维在辋川置有别业，以供其休闲隐居。从诗的起句看，他快一年没有回过辋川别业。所以，他的左邻右舍僧人乡贤见到他都非常亲切。正因为如此，出现在他笔下的春景引人入胜："雨中草色绿堪染，水上桃花红欲然。""染"字似有雕琢痕迹，而"然"字则烘托出春天的活力。

辋川别业

王 维

不到东山向一年①，归来才及种春田②。
雨中草色绿堪染③，水上桃花红欲然④。
优娄比丘经论学⑤，伛偻丈人乡里贤⑥。
披衣倒屣且相见⑦，相欢语笑衡门前⑧。

注：
① 向一年：快一年了。
② 才及：刚赶上。
③ 绿堪染：那绿色可以说像是染上去的一样。
④ 然：同"燃"。
⑤ 优娄比丘：泛指佛门弟子。
⑥ 伛偻(yǔ lǚ)：驼背。丈人：对老年人的尊称。
⑦ 倒屣：倒穿鞋子，喻迎客时心情急切。
⑧ 衡门：横木为门。指房屋简陋。亦代指门。

《辋川图》摹本

【诵读导语】

出现在唐代诗人笔下的"田园"都带有世外桃源的隐逸色彩。田园中的田父几乎无一例外都是隐士，田园景色也呈现出和谐与静谧。而首开这种风气的则是晋宋之交的隐逸诗人陶渊明。他的《归去来辞》是隐士家园的滥觞。发展到唐代，盛唐诗人王维则是田园山水文化的集大成者。孟浩然虽然隐逸一生，其诗中也常常出现田园风光，但他和王维一样，只是田园风光的欣赏者，而不是农事活动的身体力行者。所不同的是，王维的精神境界比较恬淡、宁静，而孟浩然在田园世界里多多少少有些浮躁和牢骚，缺乏王维的宁静与淡泊。这两首田园诗可以说是王维隐逸诗的代表之作。而我们要在唐诗中读到真正以农民为主体的田园诗，可以阅读一下白居易的《杜陵叟》《观刈麦》以及晚唐诗人杜荀鹤的《山中寡妇》等。

田园乐七首选二

王 维

萋萋春草秋绿，落落长松夏寒。
牛羊自归村巷，童稚不识衣冠①。

山下孤烟远村，天边独树高原。
一瓢颜回陋巷②，五柳先生对门③。

注：
① "童稚"句：意思是村里的小孩都不认识当官的。童稚：儿童，小孩子。衣冠：指当官的。
② "一瓢"句：意指甘贫乐道。孔子在谈到他的学生颜回时说："贤哉，回也！一箪食，一瓢饮，在陋巷，人不堪其忧，回也不改其乐。贤哉，回也。"王维引用这个典故，表明他追求一种恬淡安然、知足常乐的人生境界。
③ 五柳先生：即陶渊明。因其宅边有五棵柳树，遂自号"五柳先生"。

田园乐

山居秋暝①

王　维

空山新雨后，天气晚来秋②。
明月松间照，清泉石上流。
竹喧归浣女，莲动下渔舟。
随意春芳歇③，王孙自可留④。

注：
① 山居：即辋川别业。原为宋之问的蓝田山庄。王维从宋之问后人手里购买过来，作为自己休沐时的游憩之地。暝：黄昏。
② 晚来秋：黄昏的时候很凉爽。
③ 随意：任随，任凭。春芳：即春天的百花。歇：凋谢。
④ 王孙：作者自称。

【诵读导语】

在唐代隐逸诗人中，王维属于亦官亦隐一类，这和白居易的"隐于朝"的"大隐"不同。他时而京城长安，时而辋川山水林泉。但他的隐逸诗绝无悠游裕如的官场积习，呈现出清新淡雅的特点。苏轼说："味摩诘之诗，诗中有画；观摩诘之画，画中有诗。"这首写"山居"的诗，以秋为节令背景，写山居之景。"空山"二句，带起全篇。接下来围绕"秋景"作细部描写。"明月松间照，清泉石上流"一联，写山居幽深静谧。月光从松间洒落，清泉由石上汩汩流过。人人能见此景，未必人人能言之。然一经王维点化，便成千古名联。在表现山居幽静时，采用"竹喧归浣女，莲动下渔舟"这样的画面，"以动衬静"，展示了山居寂静而又鲜活的一面。山居之境如此引人入胜，诗人也就不会因百花凋谢而感伤。所以尾联说"随意春芳歇，王孙自可留"，也是自然而然的了。全诗诗画一体，自然妙绝。难怪高步瀛在《唐宋诗举要》中说这首诗"随意挥写，得大自在"。

终南山

【诵读导语】

王维在盛唐诗人中，是亦官亦隐的典型。尤其是在抒写田园山水之情时，常常具有超凡脱俗的特点，和他在官场上的应酬诗截然相反。裴迪是他的诗友，二人时有酬唱之作。这首赠友诗，字面上看不出任何"赠"意，前六句全是写辋川的自然景色——寒山、秋水、渡头落日、墟里孤烟，其目的是用这种淡宕清远的景色突出辋川闲居。结尾一联突然引入两位古人，一位是春秋时楚国的隐士接舆，另一位是五柳先生陶渊明。其实，这是作者在写狂士裴迪和隐居在辋川的自己。目的是想写和裴迪相聚时的欢乐。这样就把题目中的"赠"字落到了实处。

辋川闲居赠裴秀才迪①

王 维

寒山转苍翠，秋水日潺湲。
倚杖柴门外，临风听暮蝉。
渡头余落日，墟里上孤烟②。
复值接舆醉③，狂歌五柳前。

注：
① 裴秀才迪：即裴迪，关中人，与王维为诗友。
② 墟里：村落。烟：炊烟。
③ 复值：又遇到了。接舆：春秋时楚国的隐士接舆，他因楚王朝令夕改，便佯狂不仕。

【诵读导语】

长安城南的终南山是唐代隐士们非常向往的人间佳境。不过，这些人多是用隐居的经历来抬高自己的声望，为步入仕途做铺垫。这就是司马承祯讽刺卢藏用时所说的"终南捷径"。李白也是如此。他曾经在家乡江油的戴天山、太华山隐居学道。入长安后，也曾隐居在楼观台附近。不过他不是真正的隐居，而是做了唐玄宗妹妹玉真公主的近邻，想以此作为晋身的阶梯。所以，他在诗的结尾所说的"何当造幽人，灭迹栖绝崦"，仅仅是口头说说而已，并不是真的要远离红尘，去当隐士。

望终南山寄紫阁隐者①

李 白

出门见南山，引领意无限。
秀色难为名，苍翠日在眼。
有时白云起，天际自舒卷。
心中与之然，托兴每不浅。
何当造幽人②，灭迹栖绝崦③。

注：
① 紫阁：即紫阁峰，在今西安市鄠邑区东南、终南山北麓。
② 造：拜访。幽人：即隐逸之人。
③ 灭迹：离开尘世，即隐居。绝崦：指紫阁峰。崦（yǎn）：山。

崔氏东山草堂[1]

杜 甫

爱汝玉山草堂静[2],高秋爽气相鲜新。
有时自发钟磬响,落日更见渔樵人。
盘剥白鸦谷口栗[3],饭煮青泥坊底芹[4]。
何为西庄王给事[5],柴门空闭锁松筠。

【诵读导语】

唐肃宗乾元元年（758）杜甫被贬为华州司功参军后,曾于重阳节前到蓝田,在崔兴宗的草堂逗留多日。作为一个被排挤出朝廷的人,他在这首诗中没有发牢骚,而是表现出少有的恬淡。他之所以在首句说"爱汝玉山草堂静",是因为自己刚刚摆脱了朝廷中派系斗争的喧嚣。但他在华州却遭到一些势利小人的欺负,他不好明说,只好指桑骂槐:"巢边野雀群欺燕,花底山蜂远趁人。"但到了崔兴宗的草堂,乡野的高秋爽气冲淡了胸中的烦闷。他甚至劝告近在西山的王维不要闭门不出。

注：
① 崔氏：即王维的妻弟崔兴宗。
② 玉山：在蓝田,因产玉石,故名。因其在蓝田县东南,故又称东山。
③ 白鸦谷：在蓝田县东南,盛产栗子。
④ 青泥坊：在蓝田县城南。芹：即水芹菜,是乡间人常常食用的野菜。
⑤ 王给事：即王维。他于唐肃宗乾元元年拜给事中。其辋川别业距崔氏东山草堂不远。

山居图

【诵读导语】

这是一首纯粹写隐士的诗。作者把韦九山人的东溪草堂比作远离尘世的桃花源。朱湾其人,史料上语焉不详,只知道他生活在唐肃宗、唐代宗时期。后来,隐居于宣州(今安徽宣城)。不过,他在长安时还是想有所作为。这就是他在这首诗的结尾对韦九山人说的:现在已经不是秦末那个乱世了,山人可以出而仕矣!读结尾这两句,使人想起韩愈在《送董邵南游河北序》的结尾对董邵南说的话:"你到燕市上去看看,还有没有高渐离那样的'屠狗者'。如果有的话,劝他们都出来效忠朝廷。"韩愈担心董邵南投靠藩镇,所以委婉地提醒他。朱湾劝韦九山人出仕则没有这层意思。

寻隐者韦九山人于东溪草堂①

朱 湾

寻得仙源访隐沦②,渐来深处渐无尘。
初行竹里惟通马,直到花间始见人。
四面云山谁做主?数家烟火自为邻。
路旁樵客何须问,朝市如今不是秦③。

注:
① 东溪:从高适、岑参等人的诗看,东溪当在西安市长安区高冠峪的东边。
② 隐沦:即隐士。
③ 朝市:即社会。不是秦:即现在是太平世界。陶渊明《桃花源记》中说,武陵人进入桃花源后,问村中居民是何处人氏,村民说:"先世避秦时乱,率妻子邑人来此绝境,不复出焉。遂与外人间隔。"

抚琴图

蓝上茅茨期王维补阙[1]

储光羲

山中人不见,云去夕阳过。
浅濑寒鱼少,丛兰秋蝶多。
老年疏世事[2],幽性乐天和。
酒熟思才子[3],溪头望玉珂[4]。

【诵读导语】

储光羲是盛唐时期有名的诗人。由于仕途失意,曾隐居在蓝田终南山中。其别业距王维辋川别业不远。这首诗前六句都是写自己隐居处的景致以及自己疏于世事、喜欢自然和顺的情趣。其风致有类王维的闲淡幽致。结尾两句才归结到"期王维"。也就是盼望王维能光临自己的茅舍,让自己一尽地主之谊。一个仕途偃蹇的人,能以如此淡定的心态等待朋友光临,确实不易。所以,明代钟惺用"骨相奇老"评价这首诗。

注:

① 茅茨:茅屋。补阙:谏官,从七品上。王维于唐玄宗天宝元年任左补阙。唐诗中,诗人常常以左、右区分门下省、中书省及其所属官。门下省在宫门内东边,古人用左表示东方,故称门下省为左省,其谏官称左补阙、左拾遗。中书省在宫门内西边,故中书省为右省,其谏官称为右补阙、右拾遗。
② 疏世事:懒得关注世事。
③ 才子:指王维。
④ 溪头:即蓝溪。玉珂:马笼头上的玉质饰物,马头摆动时能发出清脆的声响。

村行

送从兄归隐蓝溪二首之二

许浑

京洛多高盖[1]，怜兄剧断蓬[2]。
身随一剑老，家入万山空。
夜忆萧关月，行悲易水风[3]。
无人知此意，甘卧白云中[4]。

【诵读导语】

这首诗题目是"送从兄归隐蓝溪"，但是，从头到尾都没有提"隐居"二字，可见作者的堂兄去蓝溪隐居事出有因。起句写京华高官成群结队，接着却写堂兄像蓬草那样漂泊不定。从这前后似不关联的两句诗，可以看出其堂兄为追求功业而备受坎坷的不幸遭遇。所以作者说"怜兄剧断蓬"。"身随"二句，写其从年轻时就仗剑出游，直到老年依旧是理想落空，不得不携家带口入万山深处。"空"字极沉痛，有分量！"夜忆"一联，用"萧关月""易水风"为代表回忆其人生阅历。尾联则是作者替堂兄解释为何要隐居。作者堂兄的遭遇向世人说明：唐代走上隐逸之路的人中也有人是迫不得已而离开喧嚣尘世的。比许浑年辈稍晚的杜牧有一首《怀紫阁山》，有一联是这样写的："人道青山归去好，青山曾有几人归？"许浑的堂兄应该说是迫不得已而归青山的人。但是，杜牧的《送隐者一绝》则可以给那些不得意而隐居的失意者以少许精神安慰："无媒径路草萧萧，自古云林远市朝。公道世间唯白发，贵人头上不曾饶。"

注：

[1] 京洛：原指西京长安和东都洛阳。此指京城长安。高盖：代指高官。盖：车盖。
[2] 怜：怜惜。
[3] "夜忆"二句：此联写其堂兄仗剑天涯，欲建功立业的志向屡屡受挫。萧关：汉唐时长安地区的北大门。其遗址在今宁夏固原市东南大湾镇瓦亭河边。易水风：即古语"风萧萧兮易水寒"之意。
[4] "无人"二句：意思是没有人了解他想建功立业的志向，还以为他心甘情愿地要到蓝溪隐居。

萧关遗址

书怀篇

情感是诗歌的灵魂。晋朝的陆机说"诗缘情而绮靡",意思是说:诗因为倾注了作者自己的情感而变得绚丽多彩。这种"多彩"的情感是作者因时、因事、因地而触发的。这就是古人常说的情理、事理、地理。离开了真情实感而纯粹的"言志"常常会让读者感到枯燥、质直,而以情带韵常常成为名篇佳作的先决条件。

古都西安具有独特的人文地域因素,尤其是汉唐长安城更是人文荟萃之地,因此,文人们写于古都长安的书怀诗尤其令人瞩目。就像唐代著名的诗论家皎然说的"诗情缘境发",即情因境生,或者是情境相因。从书怀的角度讲,这类写于古都长安的诗,虽然是抒写一己之情,但其情感却融合了人在帝都的诸种情感因素:有心怀天下的用世之情,有推心置腹的怀人之情,有叹老嗟卑的苦情,有仕途偃蹇的悲情,有忧时伤乱的家国之情,有羁旅行役的乡关之思,等等。孔子所提倡的"诗可以兴,可以观,可以群,可以怨"的诗歌审美观在这类诗中得到了完美的体现。

春日忆李白

杜甫

白也诗无敌①,飘然思不群②。
清新庾开府,俊逸鲍参军③。
渭北春天树,江东日暮云④。
何时一樽酒,重与细论文⑤。

【诵读导语】

在开元、天宝诗坛上,杜甫是一位很注重友情的诗人。尤其是对李白更有一种敬重之情。天宝三载冬,二人在洛阳相遇,并一同游历梁宋、齐鲁。分手后还时有诗作怀念对方。这首诗对李白的诗风以及个性做了高度赞扬。而李白怀念杜甫的诗就显得比较随意,如《戏赠杜甫》:"饭颗山头逢杜甫,头戴笠子日卓午。借问别来太瘦生,总为从前作诗苦。"李白问杜甫:才分手几天,你怎么瘦成这样了?杜甫说:大概是前一段日子作诗太辛苦了!一问一答,却给杜甫画了一幅传世写真。

注:
① 无敌:无人能与其相匹敌。
② 思不群:才思出尘拔俗,卓尔不凡。
③ 庾开府:庾信。鲍参军:鲍照。这两位是南北朝时期的著名诗人。
④ "渭北"二句:写自己在京畿、李白在江东漫游时相互思念对方。
⑤ 论文:探讨诗艺。

李白饮酒图

春 望

杜 甫

国破山河在①，城春草木深②。
感时花溅泪③，恨别鸟惊心④。
烽火连三月⑤，家书抵万金⑥。
白头搔更短，浑欲不胜簪⑦。

【诵读导语】

这首诗是杜甫在安史之乱初期被困长安时写的，也是唐代诗人中写安史之乱中长安春天的第一首诗。虽然是春天，但在安史叛军占领下的长安城却没有姹紫嫣红的繁华景象，而是一派山河破碎、草木丛生的荒凉与残破。尤其是"国破山河在，城春草木深。感时花溅泪，恨别鸟惊心"四句，写尽人情与物情的悲伤，并把无情的花鸟化为有情之物，委婉地传递出作者感时伤世的家国情怀。这首诗浓淡浅深，纵横变幻，体物言情，巧夺天工，被视为有"诗史"意义的绝唱。吴北江称这首诗是"字字沉着，意境直似《离骚》"。

注：
① 国：国都。
② 城：长安城。
③ 感时：为时局动乱而伤感。
④ 恨别：因为离别，心里充满怨恨。
⑤ 连三月：持续了很长时间。
⑥ 家书：家信。抵：比得上。
⑦ 浑欲：简直要。

杜甫塑像

遣悲怀三首之二[①]

元 稹

昔日戏言身后意[②],今朝皆到眼前来。
衣裳已施行看尽,针线犹存未忍开[③]。
尚想旧情怜婢仆,也曾因梦送钱财[④]。
诚知此恨人人有,贫贱夫妻百事哀。

注:
① 这首诗是元稹为悼念亡妻韦丛而写的。
② 戏言:开玩笑的话。
③ "衣裳"二句:意思是为避免睹物思人,把妻子曾经穿过的衣服都施舍给人了;将妻子用过的针线收藏起来,不忍心打开。
④ "尚想"二句:意思是因为无法忘却与妻子的旧情,所以每次看见她的婢仆,不由得心生怜悯;有时竟在梦里给妻子送钱。

【诵读导语】

元稹和韦丛结婚时,还是个一文不名的小吏,生活很穷困。六年后,他的境遇有所好转,而韦丛却不幸病故。元稹为此非常痛苦,曾写了二十四首怀念妻子的悼亡诗。这在唐代诗人中是不多见的。一些昔日的生活琐事都出现在他的笔下。如:"顾我无衣搜荩箧,泥他沽酒拔金钗。野蔬充膳甘长藿,落叶添薪仰古槐。"《离思》诗还说:"曾经沧海难为水,除却巫山不是云。取次花丛懒回顾,半缘修道半缘君。"白居易看到元稹如此悲伤,写诗劝他说:"夜泪暗销明月幌,春肠遥断牡丹庭。人间此病治无药,唯有楞伽四卷经。"白居易也是在毫无办法的情况下,劝元稹读读《楞伽经》,用大彻大悟、无所分别的境界驱走内心的痛苦。

捣练图

题都城南庄[①]

崔 护

去年今日此门中,人面桃花相映红。
人面不知何处去,桃花依旧笑春风。

注:
① 都城:长安城。

【诵读导语】

都城南庄,据说在今西安市长安区杜曲街道桃溪堡,距杜牧祖业朱坡不远。那里的桃花在城南久负盛名。晚唐的孟棨在《本事诗》中记载了这首诗背后的故事:崔护下第,独游城南。向人家乞水。有女子捧水予崔,独倚小桃斜枝,意属崔久之。来年是日,崔复至。门已锁扃。崔遂题诗于门。女子归,见诗,绝食数日而死。崔适经此,持之哭,女复活,遂结为伉俪。诗中两次用了"桃花",一是去年的桃花,属虚,一是今年的桃花,属实。虚实相映,成就了一段才子佳人的风流韵事。"人面"二句,是世人有口皆碑的千古名联,以至于明朝的秦王朱诚泳在他的《讨曲江池》中加以模仿:"红杏不知尘世改,年年依旧笑春风。"

桃花

长安冬夜书情

刘 沧

上国栖迟岁欲终①,此情多寄寂寥中②。
钟传半夜旅人馆,鸦叫一声疏树风。
古巷月高山色静,寒芜霜落灞原空③。
今来唯问心期事,独望青云路未通④。

【诵读导语】

晚唐诗坛上,李商隐、许浑、刘沧被誉为三足鼎立的才子。三人都长于咏史、怀古。由于唐王朝日趋衰落,故人多商声。

刘沧的这首书怀诗是在屡试不第的时候写的,故而诗中的物境是诗人心境的写照。首尾两联,直接表明自己的心情。中间两联,景中寓情。"钟传"一联,景与情悖:科场失意,又值冬夜,偏偏又有钟声传到旅馆。这和张继的"夜半钟声到客船"有几分相似。而疏树林中的一声乌鸦叫声更使人难以入眠。"古巷"二句,以月高山静、霜落原空的凄清景象烘托自己凄寒的心境。有人说刘沧的诗有大历以前"风味",说明其诗虽伤感而气格不衰。他于大中八年(854)进士及第后,到华原县(今铜川市耀州区)任县尉时,已经是白发苍苍之人了。

注:
① 上国:即天朝上国。汉唐时期,由于国力强盛,周边的藩国或附属国称汉朝、唐朝为天朝上国,简称上国,诗中指唐都长安。
栖迟:淹留,失意。多指久困科场,或仕途坎坷。
② 此情:即前句中的栖迟。
③ 灞原:在长安城东南。灞水从塬下流过。
④ "今来"二句:意思是如果要问我想干什么,我只是想改变自己科场不顺的命运。

京畿瑞雪图 (唐)李思训

将赴吴兴登乐游原一绝[1]

杜 牧

清时有味是无能[2],闲爱孤云静爱僧[3]。
欲把一麾江海去[4],乐游原上望昭陵[5]。

【诵读导语】

唐宣宗大中四年秋,杜牧出任湖州刺史。离开长安前,他登上乐游原时写下了这首诗。他在这年夏天刚刚就任吏部员外郎。当时朝廷中牛李党争很激烈,人事关系也复杂,他就主动请求外任,以避免陷入是非漩涡。首句中的"清时",并不是真的赞美当时社会升平,而是恰恰相反。接着说自己喜欢"闲"和"静",其实是说自己在当时环境中不敢轻举妄动。临行前,他登上乐游原遥望昭陵,已流露出追怀盛世的意思。这就是所谓的人在江湖之上,心存魏阙之下。

注:
① 吴兴:今属浙江。唐时设吴兴郡,后改称湖州。
② "清时"句:此句意思是当社会升平时,你去追求个人的趣味,那是无能的表现。清时:社会升平时。有味:有个人的趣味。
③ "闲爱"句:此句是对前一句中的"有味"的解释:追求"闲"和"静"。喜爱"孤云"就是"闲"的表现;"静"就是像和尚一样喜爱禅定。
④ 把一麾:指手持旌麾赴湖州任刺史。
⑤ 昭陵:唐太宗的陵墓。在今陕西礼泉县九嵕山。

昭陵

乐游原

李商隐

向晚意不适①,驱车登古原。
夕阳无限好,只是近黄昏。

注:
① 向晚:天快黑了。意:心情。不适:不悦,不快。

【诵读导语】

李商隐有三首《乐游原》诗,这是其中的一首。另外两首中有一首是七绝:"万树鸣蝉隔岸虹,乐游原上有西风。羲和自趁虞泉宿,不放斜阳更向东。"从内容看,这一首七绝是以写景为主。而这首五绝,则在写景中渗透着对国家命运的忧虑。所以,南宋诗人杨万里就说:"此诗忧唐祚将衰。"所谓的"夕阳无限好",仅仅是一种回光返照。同样是夕阳,在盛唐诗人王之涣的笔下却具有一种昂扬向上的气势:"白日依山尽,黄河入海流。欲穷千里目,更上一层楼。"许彦周曾说:"诗至李义山,为文章一厄。"那是冤枉了李商隐!在那样的时代,他根本不可能振作起来。他甚至在刚考中进士时就已经产生了"永忆江湖归白发,欲回天地入扁舟"之情。可见诗人所处的晚唐社会已经是"山雨欲来风满楼"了。面对这样的现实,他也只能发出"夕阳无限好,只是近黄昏"的叹息。

乐游原

柳

罗 隐

灞岸晴来送别频，相偎相倚不胜春①。
自家飞絮犹无定，争解垂丝绊路人②。

注：
① "相偎"句：写柳丝在春风中摇曳生姿。
② 争解：怎么懂得。绊：意指留住。

【诵读导语】

柳是唐人诗中出现最多的物象之一。尤其是灞桥柳更是牵绊着行将分别之人。司空图有《杨柳词十八首》，第六首说："偶然楼上卷珠帘，往往长条拂枕函。恰似小蛮初学舞，拟偷金缕押春衫。"他把在春风中摇曳的柳丝比作刚刚开始学舞蹈的小蛮，十分贴切形象。刘禹锡则把杨柳和送别联系起来："城外春风吹酒旗，行人挥袂日西时。长安陌上无穷树，唯有垂杨管别离。"

罗隐的这首诗，虽然写到了灞岸送别，却并没有就此话题展开，而是转过来责备杨柳：你连自己的飞絮都管不住，到处乱飞，又怎么能留住行将分别的人呢？晚唐诗人李商隐也有一首《柳》："曾逐东风拂舞筵，乐游春苑断肠天。如何肯到清秋日，已带斜阳又带蝉。"他认为既然春柳能带给人以喜悦，为什么到了秋天却变成了斜阳笼罩下的衰柳，且有凄厉的蝉声，让人望而生愁呢？而清朝道光年间的郭柏荫说得更是令人称奇："桥亭立马暮天昏，秋色苍茫远近村。一抹斜阳万条柳，不因离别也销魂。"

灞桥柳

过渼陂怀旧

韦 庄

辛勤曾寄玉峰前①,一别云溪二十年②。
三径荒凉迷竹树,四邻凋谢变桑田③。
渼陂可是当时事?紫阁空余旧日烟④。
多少乱离无处问,夕阳吟罢涕潸然。

【诵读导语】

韦庄是京兆杜陵(今西安)人。生逢唐末动乱,遂流落吴越、荆湘等地。唐昭宗乾宁元年(894)登进士第,授校书郎。后入蜀,王建辟为掌书记。王建称帝,韦庄官至吏部侍郎、同平章事。与后来入蜀的温庭筠同为"花间词派"的代表作家。这首诗是他入蜀路过鄠县旧居时写的。诗以"怀旧"为题,先写自己二十年来漂泊不定的人生逆旅。尽管如此,他仍时时不忘渼陂风物与四邻故旧。"渼陂"一联,先以反问的形式点出渼陂昔日的繁华与今日的荒凉,再用"紫阁空余旧日烟"反观昔日"紫阁峰阴入渼陂"的胜境,写出今日烟雾迷茫的景象。尾联点出"乱离"乃是造成这一切的根源。寓目缘情,感慨顿挫。就像他在《过樊川访旧居》中所说的:"能说乱离惟有燕,解偷闲暇不如鸥。"

注:
① 玉峰:以蓝田玉山代指终南山。
② 云溪:烟云缭绕的溪谷。
③ "三径"二句:韦庄有别业在鄠县。这两句写不仅别业荒废,而且原来的邻居也不知去处。
④ "渼陂"二句:作者以鄠县的代表风物渼陂、紫阁抒写长安遭逢世乱,物是人非。

渼陂湖一隅

【诵读导语】

袁枚于乾隆四年进士及第,仅任过溧水、江宁等县的知县。后倦于仕宦,辞官回乡。乾隆十七年,又被举荐赴陕西任职。他原本不愿赴任,但陕西的人文胜迹吸引了他。赴陕前,他写了一首诗,表达自己为何要到陕西:"传说关中多胜迹,男儿须到古长安。"而这组《秦中杂感》的第一首就说:"每欲凭栏怕惆怅,二千年前帝王家。"到西安后,他遍览关中的历史文化遗迹,写了百余首与此有关的诗歌。连他自己都感觉到"新诗自挟秦风壮"!从怀古的角度看,这首诗既赞美了千古帝王都的壮丽山河,又对"王气"的盛衰发出感慨。在这首诗中,他特地举了两个历史人物:一个是保住了东晋半壁江山的谢安,另一个是有才能而遭人嫉恨的贾谊。其用意在于告诫人们:尘世的盛衰更替是无法改变的事实。

秦中杂感八首之三

袁 枚

天府长城势壮哉①,秋风落叶满章台②。
一关开闭随王气③,绝顶河山感霸才④。
安石本为江左出⑤,贾生偏过洛阳来⑥。
汉朝宣室知何处⑦,金马门前月更哀⑧。

注:
① 天府:即关中地区。《战国策·秦策一》记载,苏秦对秦惠王说:"大王之国……田肥美,民殷富。战车万乘,奋击百万。沃野千里,蓄积饶多。地势形便,此所谓天府。"
② 章台:原为秦宫名。汉有章台街。后用以指京城街衢。
③ "一关"句:意思是秦中的关隘都是随着王气的盛衰而开闭的。
④ "绝顶"句:意思是秦地的山河号称天下奇绝,故而雄才大略的人都想在此称王称霸。
⑤ 安石:指东晋的谢安。淝水之战中,他以八万晋军打败号称百万的前秦军队,保卫了东晋的安全。此句意思是谢安本来就是为江东的晋室而出现的。
⑥ 贾生:指西汉的贾谊。
⑦ 宣室:西安未央宫中的殿名。汉文帝曾在此召见被贬到长沙的贾谊。
⑧ 金马门:西汉的宫门名。因门前立有铜马而得名。汉代征召有才能的人,卓异者待诏金马门。"金门待诏"的典故由此而来。

灞桥寄内二首

王士禛

长乐坡前雨似尘①,少陵原上泪沾巾②。
灞桥两岸千条柳,送尽东西渡水人。

太华终南万里遥③,西来无处不魂销。
闺中若问金钱卜④,秋雨秋风过灞桥。

注:
① 长乐坡:唐代诗人称长乐坂,是长安城通往灞桥的必经之地。雨似尘:细雨蒙蒙。
② 少陵原:在今西安城区东南方。其东是浐河,其西是潏水。
③ 太华:即华山。万里遥:指这两个地方离自己的家非常遥远。
④ 金钱卜:即用铜钱占卜。把六枚铜钱放入竹筒中摇晃,然后倒出排成一行。根据钱的背面和正面的排列次序,推断吉凶。

【诵读导语】

王士禛是康熙时的著名学者。康熙三十五年(1696)奉旨祭告西岳华山。在此期间曾往陇蜀等地寻访古迹,并写下访古纪行诗一百多首。题目中的"寄内",就是寄给内人(妻子),指诗是写给妻子的。写作的地点在灞桥。第一首写灞桥送别。第二首写"寄内"。作者用"西来无处不魂销"写他远离家人之后心绪不宁。"魂销"即魂飞魄散的意思。"闺中"一联,上句是设想妻子用金钱占卜,下一句则是写自己正在秋雨秋风中路过灞桥。这倒和李商隐《夜雨寄北》中的"却话巴山夜雨时"有点相似。所不同的是,李商隐诗的尾句是在说与妻子团聚时再告诉妻子自己收到来信时的处境。王士禛则是告诉妻子自己现在正处于"秋雨秋风"之中。李诗的结尾是虚,王诗的结尾是实。

今日长乐坡

西安府二首之一

张 琛

紫气腾腾乍入关①，万年县接古长安②。
汉唐城郭能收小，沣镐人文欲胜难③。
绕屋乌飞三匝去，如林碑竖几回看④。
前朝賸有终南在⑤，日望红云独倚栏。

注：
① 乍：刚刚。关：潼关。
② 万年县：唐长安城朱雀大街以西至沣水归长安县管辖；朱雀大街以东至昭应（临潼）、蓝田界归万年县管辖。古长安：指唐长安城。
③ "汉唐"二句：明朝时，西安府城仅占有唐长安城的皇城所属区域，所以上句说"能收小"。下句倒逼一句：由沣镐肇始的华夏文化谁能超过它呢？
④ "如林"句：写西安碑林。
⑤ 賸：同"剩"，留下来的。

【诵读导语】

这首诗充分赞美了古都西安在中华文化史上的崇高地位。它虽然历经了尘世的沧桑，而且也不再处于都城地位，但是它在中华文化史上地位是无法取代的。作者用两句话对此作了精准的概括："汉唐城郭能收小，沣镐人文欲胜难。"这在咏古都西安的诗歌中是绝无仅有的。

灞上秋居

马 戴

灞原风雨定①，晚见雁行频。
落叶他乡树，寒灯独夜人。
空园白露滴②，孤壁野僧邻。
寄卧郊扉久，何年致此身？

注：
① 灞原：即长安东郊霸陵原。
② 空园：即作者所居之地。

【诵读导语】

马戴是曲阳（今江苏东海）人。由于屡试不第，困守长安，住在东郊霸陵原的一座寺院旁。和姚合、贾岛、无可等人交往甚密。这首诗是写"秋居"的，作者用风雨、雁行、落叶、寒灯、空园、孤壁，描绘出一幅凄凉冷寂的"寒原秋居图"。诗以写所居环境的寥落荒僻为主。"灞原风雨定，晚见雁行频"一联，写出了"不是关山万里客，那识此声能断肠"。后来的崔涂曾模仿这首诗中的"落叶他乡树，寒灯独夜人"二句，写出了"乱山残雪夜，孤独异乡人"的名句，并自称"孤独异乡人"。其实，马戴的这一联诗也有模仿中唐诗人司空曙"雨中黄叶树，灯下白头人"的痕迹。

后记

西安是享誉世界的文明古都。

在中国历史上，先后有西周、秦、西汉、新、东汉（献帝）、西晋（愍帝）、前赵、前秦、后秦、西魏、北周、隋、唐等十三个王朝在此建都，前后历时一千一百多年。

唐朝末年，军阀朱温强迫唐昭宗迁都洛阳。长安从此失去了国都地位，由全国的政治、经济、文化中心转变为掌制西北、扼守西南的重镇。北宋时，唐长安城被称为"京兆府"，是"永兴军路"的治所，其统辖的区域是：长安、万年、临潼、高陵、栎阳（今属临潼）、蓝田、户县、终南（今周至县东部）。金朝时，仍沿用宋朝的"京兆府"称谓。元朝时，称长安为奉元路。明朝洪武二年（1369），改奉元路为西安府。不久，朱元璋把他的第二个儿子朱樉封为秦王，并于洪武七年以唐代长安皇城为基础修建西安城墙。从那时到现在，"西安"之名已经沿用了六百余年。

在西安这块土地上所形成的礼乐文化、儒家文化、道家文化、佛教文化、诗歌文化等，代表着中国传统文化中的主流文化。尤其是中国古代诗歌以西周时的《诗经》为源头，历经秦汉乐府，到唐代时登上了全盛的顶峰，西安也因此被称为中国的"诗都"。

为了给喜欢古都西安诗歌文化的朋友提供一个了解"诗都"的便捷渠道，陕西师范大学出版总社拟定了"诵读西安"这个题目，由我负责编写。我考虑再三，从历代诗歌中精选了近一百八十首诗歌呈现给读者。所选诗歌按照内容题材，分为帝都篇、坊里篇、池苑篇、寺观篇、行宫篇、山水篇、节令篇、游览篇、酬赠篇、科举篇、隐逸篇、书怀篇。每篇有总说，然后是原诗、简注、诵读导语。

《西安赋》撰写于2016年，对西安几千年的人文历史进行了较为详尽的描述，同时，对改革开放以来西安所取得的辉煌成就作了简要介绍。这对于读者更好地了解西安有一定作用，故而我将其作为"代前言"列于卷首，希望读者予以评鉴。

杜甫曾说过："陶冶性灵存底物，新诗改罢自长吟。"意思是：吟诵诗歌可以陶冶性灵。为了真正能通过阅读诗歌、诵读诗歌、聆听诗歌来了解西安，热爱西安，陕西师范大学出版总社的编辑们特地联系了西安新知小学的学生为书中的诗歌录制诵读音频。在此，对他们的大力支持和辛勤付出致以最诚挚的谢意。

杨恩成
2019年8月